También fuimos silencio

FRAN LÓPEZ GALÁN

También fuimos silencio

Grijalbo

Papel certificado por el Forest Stewardship Council®

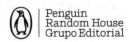

Primera edición: mayo de 2024

© 2024, Fran López Galán
© 2024, Penguin Random House Grupo Editorial, S. A. U.
Travessera de Gràcia, 47-49. 08021 Barcelona

Printed in Spain – Impreso en España

ISBN: 978-84-253-6800-4
Depósito legal: B-5.985-2024

Compuesto en Comptex & Ass., S. L.

Impreso en Black Print CPI Ibérica
Sant Andreu de la Barca (Barcelona)

GR 6 8 0 0 4

*A mis padres, que, sin saberlo,
me dieron alas*

*Y a J., que volvió a prender la mecha
de la ilusión por lo no escrito*

Lo que asusta de la muerte es reconocer que has vivido de mentira.

MAGDALENA TIRADO,
El corazón de las estatuas

Había llegado el momento, esa duda en la que el crepúsculo tiembla y la noche hace una pausa, cuando una pluma sobre un platillo inclina la balanza.

VIRGINIA WOOLF,
Al faro

Nos atascamos por pensar que la vida era infinita. En ese error de cálculo se originan los mayores tropiezos.

MARCOS GIRALT TORRENTE,
Tiempo de vida

Si mis padres estuvieran muertos, todo sería más fácil.

No recuerdo la primera vez que esa idea se me pasó por la cabeza. Me arrepentía nada más pensarlo. En cada ocasión, el remordimiento era como una serpiente que empezaba a trepar por mis piernas, que se arrastraba después por la cintura hasta llegar al cuello, donde se enroscaba con fuerza. En la garganta, a la altura de la nuez, notaba la presión de esa idea tan viscosa como su piel. Quería desprenderme de ella lo antes posible, pero la serpiente apretaba aún más.

Lo pensaba cada vez que sentía algo extraño en mi cuerpo, cuando la piel se me erizaba, cuando un cosquilleo recorría mi entrepierna o mis axilas se humedecían al estar cerca de algún chico cuyo olor corporal me atraía igual que el polen a las abejas. Entonces, siendo un adolescente, no era capaz de nombrar lo que me pasaba. Ni tampoco quería, porque lo que no se nombra no existe. O eso pretendía creer.

También apareció varias veces cuando empecé a estudiar Periodismo en la universidad. Tenía compañeros que se pasaban el día diciendo que querían presentar las noticias o un programa en horario de máxima audiencia. Mis aspiraciones, en cambio, eran otras. Yo quería escribir. Pero si lo que todos ellos reclamaban al universo terminaba ocurriéndome a mí, ¿cómo iba a dejar que todo un país descubriese lo que llevaba ocultando tanto tiempo? Tendría que disimular constantemente, no mover las manos de tal o cual forma; debería fingir una seguridad en mí mismo que nunca tuve para que nadie notase nada, mentir mientras estuviese contando algo parecido a la verdad a los espectadores, a esos que yo pensaba que iban a juzgarme sin reparos al descubrir algún resquicio vergonzoso a través del cual pudieran descubrir quién era en realidad.

Disimular. Fingir. Mentir. Mentir. Mentir.

Aquella idea volvía a presentarse, una y otra vez; la serpiente comenzaba a asfixiarme.

Si mis padres estuvieran muertos, todo sería más fácil.

Cruzó de nuevo por mi cabeza cuando entré en la habitación en la que mi madre se estaba muriendo. ¿De verdad todo sería más fácil si los dos estuvieran muertos? La serpiente apareció ya enroscada en mi cuello, pero aquella vez no quería que dejase de apretar, deseaba que me estrangulase, que me dejara sin aire, que el oxígeno no llegase a mi cerebro y así poder irme con ella.

Eso habría sido lo fácil.

Todo volvió a desmoronarse con una llamada.

Dos, en realidad.

La primera fue como el agua del océano que, sin previo aviso, comienza a retirarse hasta dejar al descubierto metros y metros de playa. Lo que podría ser un espectáculo impresionante no es más que la señal evidente de que la naturaleza se está preparando para alcanzar su grado máximo de destrucción.

Tardé bastante en coger el teléfono; lo tenía dentro de la bolsa de tela que llevaba colgada al hombro. Con una mano sujetaba el paraguas abierto mientras caminaba tratando de esquivar los charcos que la lluvia había formado en la acera, y con la otra, dos bolsas del supermercado. Me detuve en un portal, apoyé las bolsas en el suelo y rebusqué dentro de la de tela hasta dar con el teléfono, que seguía sonando. Me fijé en la pantalla. Era un número muy largo, como esos desde los que me llamaban de vez en cuando para citarme para alguna entrevista de trabajo. Al otro lado de la línea, la voz de una mujer de marcado acento francés, que más tarde llegaría a ser tan reconocible y familiar para mí, me transmitió la calma propia de una playa con un oleaje cada vez más dócil. Su mensaje sonó directo y sin cortes: mi manuscrito había pasado la criba del jurado y estaba entre las obras finalistas.

Lo que no recuerdo es cuánto tardé en contestar, pero me parecieron horas. Llegué a pensar, incluso, que se trataba de una broma. Hélène, así se presentó, me confirmó que no lo era y, tras hablar unos minutos, me citó para el 12 de julio, para lo que quedaba justo una semana. Quedamos en vernos el viernes siguiente en el Círculo de Bellas Artes de Madrid. Allí, siete días más tarde, se fallaría el premio Círculo Joven de Novela, algo así como la consagración de algún aspirante a escritor menor de treinta y cinco años. Había leído las últimas obras ganadoras, e incluso había coincidido con varios de los premiados en coloquios y conferencias sobre literatura y en presentaciones de libros. Unos meses antes, después de comprobar que cumplía estrictamente con todos y cada uno de los requisitos, decidí enviar mi novela.

Tras colgar, guardé el teléfono en la bolsa, cargué de nuevo con la compra y abrí el paraguas antes de reanudar la marcha. Seguía lloviendo con fuerza. El agua corría por las calles y formaba pequeños charcos oscuros en los que la ciudad aparecía invertida, como si ahí, en esa otra ciudad dentro del agua, transcurriese una vida paralela a la que yo estaba viviendo y en la que acababa de recibir la noticia. Traté de imaginar qué estaría pasando en esa ciudad al otro lado del agua, si la llamada de Hélène también se habría producido allí. Me acerqué a uno de los charcos. Las puntas de mis zapatillas blancas tocaron el borde y vi mi reflejo.

Fue justo ahí cuando recibí la segunda llamada.

Pensé que quizá Hélène había olvidado comentarme algo, o peor, que, ahora sí, todo hubiese sido una broma. Me pregunto si la inseguridad se hereda. Traté de responder cuanto antes. También era un número largo, de una extensión similar al anterior.

Tras retirarse poco a poco hasta casi desaparecer, el agua del océano vuelve a la playa y lo hace con una furia desatada y una fuerza capaz de arrasar por completo con todo lo que se encuentra de frente.

Y eso fue lo que ocurrió.

Esa segunda llamada llegó como un tsunami.

Había estado varios días encerrado en casa tratando de dar con un final convincente para una historia que llevaba tiempo rondando mi cabeza y que, una vez empezada, había tardado meses en escribir. Ocuparme de la barba era una tarea que aplazaba casi a diario, pero después de aquella llamada no tuve más remedio que afeitarme. Levanté la barbilla ligeramente para apurar bien la zona del cuello, pero con las prisas me hice un pequeño corte.

La primera vez que me afeité tendría unos quince o dieciséis años y fue precisamente ahí, en el cuello, donde me hice varias heridas de poca importancia. Mi padre estaba a mi lado mientras aprendía. Me dijo que era básico mojar la piel con abundante agua caliente antes de empezar, para que los poros se abrieran y el corte fuese más limpio. Cuando terminé, me dio unas palmadas en la espalda y sentenció: «Ya eres todo un hombre». La última de aquellas cinco palabras fue la que pronunció con más fuerza. En el espejo vi cómo la sangre brotaba por los cortes del cuello. Me lavé las heridas con agua fría e intenté taponar las pequeñas hemorragias con trocitos de papel higiénico.

Entonces me fijé en la imagen que devolvía de mí el espejo del baño. Esta vez el corte también era evidente; una línea roja dividía la nuez por la mitad.

Ni siquiera trató de disimular que estaba leyendo un libro cuando me acerqué al mostrador de la entrada para preguntar por el número de habitación. Sin levantar los ojos hacia mí en ningún momento, la mujer con bata blanca consultó el ordenador y respondió en voz baja.

Recorrí la séptima planta del hospital fijándome en las puertas a ambos lados del pasillo hasta dar con la 729. Al llegar junto a la puerta, imaginé a mi madre diciéndome: «¿Dónde te metes? Llevas días sin dar señales de vida». Me sorprendí hablando en voz alta, como si le contestara: «Llevo días escribiendo en casa». Si hubiese estado allí, conmigo en el pasillo, habría hecho aquel gesto tan suyo con la cara, como torciendo los labios hacia un lado y cerrando los párpados ligeramente.

Pregunté por mi padre a una enfermera que salía de la habitación. Me dijo, con una voz extremadamente grave, que el médico acababa de entrar y había pedido que los familiares aguardasen fuera. Y allí me quedé, apoyado en la pared blanca de gotelé, esperando a que el doctor acabase su ronda.

Me fijé en la pareja que tenía al lado.

—Son los familiares del señor que está dentro con tu padre, en la cama de al lado —me dijo la enfermera en un tono de voz más bajo.

Más tarde supe que eran hermanos. La mujer era la mayor. Me fijé en ella con disimulo. Intentaba respirar con calma, siguiendo los consejos del hermano, pero no podía parar de llorar. Cada poco se tapaba la cara con las manos.

De pronto, otra enfermera mucho más joven, con el pelo recogido en una coleta baja, abrió la puerta de la habitación y desde el interior les avisó para que se acercaran. Escuché cómo les decía que, si lo deseaban, podían entrar a despedirse, pero que si decidían pasar, debían hacerlo lo más calmados posible. Luego le preguntó a la mujer si estaba preparada y le aconsejó permanecer un poco más en el pasillo, hasta que dejase de llorar. «El último sentido que pierde una persona antes de fallecer es el oído», les dijo. Yo me fijaba en los labios de la enfermera cuando les hablaba. Era la única forma que tenía de captar el mensaje, ya que su voz era apenas un susurro. Fue así como entendí que cuando una persona está a punto de morir, es preferible que no escuche nada que pueda hacerle sentir angustia. Por eso no podían entrar llorando, leí en aquellos labios, sino todo lo serenos que fuesen capaces.

Me ofrecí para llevarle una tila a la mujer mientras su hermano entraba en la habitación para despedirse de su padre. Ella aceptó inclinando la cabeza. Me acerqué hasta una sala en mitad del pasillo donde varias enfermeras estaban preparándose unos cafés y les pregunté si podían hacerle una infusión. Cuando se la acerqué de vuelta en la sala de espera, al final del pasillo, la mujer me dio las gracias y se la fue tomando a pequeños sorbos. Decidió sentarse unos minutos allí antes de ver a su padre con vida por última vez. No apartaba la vista del gran ventanal que tenía enfrente.

—¿Alguna vez has visto a un muerto? —me preguntó sin volver la cabeza.

Pensé en mi madre y noté como si algo dentro de mí, cerca del pulmón derecho, aunque no sabría decir exactamente dónde, se rompiese en mil pedazos. No respondí. Me limité a tocarme la cara recién afeitada. Se giró. Sus ojos parecían mirar a través de mi cuerpo, como si yo hubiese desaparecido de la sala y hubiera alguien más, justo detrás de nosotros. Solo podía pensar en mi padre, que estaba en aquella misma habitación con el padre moribundo de la mujer que acababa de hacerme esa pregunta.

La verdad es que sí. Esa fue la segunda vez que vi cómo una persona se moría delante de mí. Ocurrió unos minutos más tarde.

No había terminado del todo la infusión cuando la enfermera de la coleta apareció en la sala de espera para comunicarle a la mujer, que seguía con la taza entre sus manos y la mirada perdida en algún punto al otro lado del ventanal, que, si quería despedirse, había llegado el momento.

Lo siguiente que vi en el pasillo, tan solo unos minutos después, fue cómo sacaban al anciano de la habitación en una cama, tapado apenas con una sábana blanca que le llegaba hasta la barbilla. Su piel era del mismo color que el interior de una manzana que lleva un tiempo cortada por la mitad. Tenía los ojos cerrados y su pelo era blanco y muy fino y estaba aplastado sobre su cabeza. Su boca estaba ligeramente abierta, como si no le hubiese dado tiempo a decirles algo a sus hijos, que seguían a su lado.

Los dos hermanos, el hombre y la mujer, se fueron haciendo cada vez más pequeños según avanzaban, junto a la cama, por aquel pasillo interminable.

—Ya puede pasar.

La enfermera se dirigía a mí.

—¿Cómo te encuentras? —le pregunté a mi padre nada más entrar.

Allí dentro olía a ropa húmeda.

—Desayuno, comida y cena. Una cama más o menos decente y baño dentro de la habitación. Es como estar en un hotel. —Tosió un par de veces—. Un hotel de pocas estrellas, eso sí.

Abrí un poco la ventana para dejar salir aquel olor.

—He visto sitios peores, te lo aseguro.

—Y yo.

Nos reímos a la vez.

«El próximo viernes se entrega un premio. Me acaban de llamar para decirme que soy finalista».

Tal vez eso es lo que me habría gustado decirle nada más entrar por la puerta, pero las enfermeras que le atendían no dejaban de pulular alrededor de su cama, tomando muestras de sangre, controlando su temperatura y midiéndole la tensión.

Si por norma general nos costaba entablar una conversación a solas, el hecho de que aquellas mujeres no dejaran de ir de acá para allá complicaba aún más nuestro acercamiento. Y que acabaran de llevarse a un muerto hacía que el ambiente fuese todavía más desagradable.

Hasta que comenzó a hacerse de noche, nuestras charlas se resumían en banalidades que no iban más allá de si hacía más o menos calor que otros años a esas alturas del verano, en si alguien ocuparía el hueco libre que había quedado en la habitación o en si yo comía bien. Este último tema lo había heredado él de mi madre. Me pregunto si las preocupaciones se heredan.

Pero no, no le conté nada sobre la llamada de Hélène en ese momento.

El televisor siempre estaba apagado. Teniendo en cuenta que nos encontrábamos en un hospital, ver la tele costaba poco más o menos que un riñón. Lo que ocurría dentro de la habitación se reflejaba en el cristal como una de esas pantallas que proyectan las imágenes de las cámaras de videovigilancia de los pasillos de una cárcel.

—La cosa es cobrar por todo —fue lo que dijo mi padre nada más terminar la cena.

Las bandejas que traían las auxiliares solían tener un menú adaptado a cada paciente. Por lo general, dieta blanda, la llamaban; dieta repugnante, según mi padre.

También echaba de menos la comida de mi madre.

—Podrías traerme alguno de todos esos libros que tienes por casa para matar las horas aquí.

Esa fue la primera vez que surgía un tema diferente.

—Claro. ¿Cuál quieres?

—Tú eliges, para eso eres escritor, ¿no?

Él sabía que escribía. Mi madre también lo sabía. Nunca me atreví a enseñarles mucho más que algún relato publicado en los libros junto a mis compañeros de la escuela de escritores donde había hecho varios cursos. Eran textos bastante simplones y en su mayoría fallidos, modelados por los profesores para que cumpliesen las reglas estrictas de la narrativa. Eran, casi siempre, textos sin alma, breves, que no acababan de convencerme del todo. Narraban historias de gente común con algún conflicto difícil de resolver y con características peculiares. Aun así, mi padre me decía que le gustaban.

—Nada de hospitales, por favor.

Lo dijo en voz alta, para que lo escuchara otra de las auxiliares que acababa de entrar para dejar en el baño unas toallas limpias.

Esa primera noche, mientras mi padre dormía, aproveché el silencio del hospital para escribir. La mesa donde solían colocar las bandejas de comida era pequeña, pero perfecta para utilizar como escritorio.

No llegué a entender qué dijo mi padre la primera vez que habló en alto. Eran palabras inconexas, sin mucho sentido. Cuando me giré para mirarlo, me di cuenta de que seguía dormido. Era algo que me ocurría también a mí. A veces me despertaba en mitad de la noche y era plenamente consciente de haber estado hablando en alto, pero nunca recordaba lo que acababa de decir.

En mitad de aquella oscuridad, le pregunté medio susurrando si se encontraba bien. No obtuve respuesta. Lo oí respirar fuerte varias veces hasta que volvió a hacerlo de forma regular.

Cuando era pequeño, recuerdo que, por las noches, al despertarme sobresaltado por alguna pesadilla, permanecía alerta hasta escuchar sus ronquidos. Ya podía haber entrado alguien a desvalijar la casa, que el simple hecho de saber que él estaba allí, a menos de diez metros de mi cama, me tranquilizaba.

En la habitación, en cambio, nos separaban poco más de dos pasos. Al verlo allí, dormido, pensé en la llamada de Hélène y en cómo iba a ser capaz de contarle todo antes de que la novela llegara a publicarse en caso de ganar el premio. Estuve rumiando largo rato sobre aquello. Quizá fueron horas, no lo recuerdo bien porque, en algún momento, me quedé dormido sobre la mesa en la que había colocado el ordenador.

Fue mi padre quien me despertó:

—¿Qué haces ahí?

Me habló desde su cama.

Comenzaba a amanecer. Al incorporarme, la pantalla del ordenador se iluminó. El brillo me molestaba.

—No me digas que has pasado la noche ahí.

—No, no —mentí—. Me levanté hace un rato a escribir —mentí de nuevo.

—Madrugas más que yo.

—Ese sillón no ayuda mucho a conciliar el sueño, como te imaginarás.

—Pues allí tienes sitio. —Señaló la cama de al lado, vacía—. Libre hasta que venga el siguiente moribundo.

—No digas eso. Y tú, ¿no deberías dormir un poco más? —le dije en voz baja.

—¿Qué hora es?

—No son todavía ni las siete.

—La hora de levantarse.

Se incorporó en la cama hasta sentarse en el borde del colchón.

—Acércame las zapatillas, si no te importa, que están ahí. —Hizo un gesto con el mentón para indicar la taquilla de la pared donde guardaba la ropa—. Me gustaría ducharme antes de que entre el batallón de enfermeras y auxiliares con su artillería pesada.

Desde la ventana de la habitación se veían los edificios que había justo enfrente cada vez más naranjas. Aquella vista de la ciudad, de colores cálidos, parecía una acuarela.

—¿Y qué escribes ahora? —me preguntó mi padre al otro lado de la puerta del baño.

—Tengo que terminar varios reportajes para una revista.

—¿Sigues escribiendo para ellos?

—Sí.

—Y las clases, ¿las has dejado?

—Hace unos meses, sí. Ahora escribo por mi cuenta, en casa.

—Si quieres que lea algo...

La primera de las enfermeras abrió la puerta con un «buenos días» demasiado enérgico para ser tan temprano y, tras ella, entraron dos más. En cuanto oí su voz, me di cuenta de que era la misma enfermera que había visto nada más llegar a la habitación de mi padre el día anterior. Una se dedicó a sustituir el antibiótico vacío por uno nuevo; otra, la de los «buenos días», a preparar varios tubos para extraer sangre, mientras la tercera, más joven que sus compañeras, se colocaba unos guantes de látex.

La que preparaba los tubos de muestra, la de la voz gra-

ve, era la mayor de las tres. Fue ella la que me dijo que podía aprovechar para salir a desayunar durante el tiempo
que estuvieran dentro con mi padre. «Serán unas pruebas
rutinarias de control», me dijo, sin mirarme, concentrada
en su tarea.

Esa misma mañana, cuando terminé de desayunar en la cafetería del hospital, me encontré con el médico que trataba a mi padre y me citó para hablar en privado. Me reuní con él en una sala de la séptima planta, al lado opuesto del pasillo. Sobre una mesa ovalada y repleta de papeles, en el centro del despacho, dejó varias carpetas de color marrón con distintos nombres escritos en tinta oscura. En una de ellas vi los apellidos de mi padre.

Tenía la voz muy grave, me recordó a la enfermera que me había invitado a salir de la habitación, y hablaba de forma pausada y rotunda, como un tanque desplazándose por el campo de batalla. La situación era compleja, me explicó. La infección que le habían detectado y que ya fluía por la sangre podría empezar a dañarle algunos órganos importantes y era vital que el tratamiento respondiese en las primeras veinticuatro o cuarenta y ocho horas. De lo contrario, la situación empeoraría y las consecuencias serían bastante negativas. De forma educada, le pedí que se dejase de eufemismos.

Mientras me hablaba, su voz se diluyó durante unos segundos y comenzó a mezclarse en mi cabeza con la pregunta que me había hecho la tarde anterior la mujer en la sala de espera poco antes de que sacaran muerto a su padre de la habitación. Los sonidos rebotaban como la luz de una linterna contra las paredes de una cueva oscura.

—¿Está de acuerdo, entonces?

Ni siquiera sabía lo que acababa de preguntarme el médico. Me limité a afirmar moviendo la cabeza de arriba abajo.

Al volver por el pasillo, me cruzaba con enfermos y familiares. A veces no sabía diferenciar muy bien quién ejercía cada papel. Algunas de las puertas estaban abiertas y, al pasar, tenía apenas un segundo para ver qué ocurría dentro de las habitaciones. Un olor peculiar lo inundaba todo. Era un olor denso, algo más líquido que gaseoso; como si al respirar, entrase por la nariz y por un tiempo ocupase parte de los pulmones. Y había un murmullo constante en toda la planta. Las conversaciones iban variando a medida que avanzaba por el pasillo y se mezclaban unas con otras; las de la gente que hablaba entre sí con las de quienes lo hacían a través del teléfono móvil con alguien del exterior. Un hospital es como un ecosistema propio, en el que el tiempo se rige por unas normas diferentes a todo lo que ocurre al otro lado del muro.

—Te ha sonado el teléfono varias veces.

Mi padre estaba sentado en el sillón que yo debía utilizar para dormir por las noches, pero que todavía no había llegado a usar.

—¿Quién era?

Se encogió de hombros y levantó el brazo izquierdo. Le habían colocado de nuevo la vía para suministrarle el antibiótico.

—Estoy como para salir corriendo a cogerlo.

Había dejado el teléfono en la mesa, junto al ordenador. En la pantalla, vi las dos llamadas perdidas de Hélène.

—¿Te importa si voy afuera un momento?

Mi padre se limitó a extender su mano, indicando el camino más allá de la puerta.

Volví en cuanto terminé de hablar.

—Míralas: Ronca, Muda y Practicanta.

Las tres enfermeras salían en ese momento de la habitación.

—No he tenido que pensarlo mucho esta vez.

Era una costumbre de mi padre, la de poner motes a casi todo el mundo. Y el hospital era el lugar idóneo según él para hablar en clave. A partir de ese momento, comenzamos a referirnos a ellas de ese modo entre nosotros.

—Ya puedes ser discreto. Con esos nombres, se van a dar cuenta enseguida.

—¿Alguna novedad importante?

—¿Cómo?

Mi padre se puso la mano en la oreja, como si hablara por teléfono.

—¡Ah, sí! Bueno, no. Nada importante, la verdad.

—¿Algún reportaje nuevo para esa revista?

Pensé contestarle que sí y zanjar la conversación, pero no quise mentirle.

—Era Hélène —dije como si fuera algún familiar cercano.

—¿Una amiguita francesa?

—En realidad, no nos conocemos en persona.

—Eso es muy de ahora, ¿no?

—No. —Reí al escuchar su comentario—. Es una editora.

—Eso suena bien.

—Me ha llamado para pedirme unas fotos.

—Repito: eso suena bien —repuso despacio, como separando las sílabas.

—Ayer me llamó para decirme que me han seleccionado como finalista en un premio.

—Enhorabuena. ¿Por algún relato?

—Algo un poco más largo, sí. Una pequeña novela.

—Me parece una gran noticia. Le diré a Muda que nos traiga el champán, que seguro que nadie se entera.

Nos reímos a la vez.

—¿Y cuándo te darán el premio?

Le expliqué que eso era probable que no llegara ni a ocurrir, que se sabría en una semana, el viernes siguiente, en el Círculo de Bellas Artes. Pero ni siquiera, al contarle todo aquello, estaba seguro de querer ser el ganador.

Hélène me explicó por teléfono que querían hacer una ficha con cada uno de nosotros, los finalistas, para elaborar cartas de presentación y después seleccionar la de aquel que resultara premiado.

—A los ministros les piden lo mismo cuando les entregan la cartera. Mira a ver qué pones.

Vi que mi padre no dejaba de sonreír.

—¿Y de qué va, tu novela?

Rogué que alguna de las enfermeras volviese a entrar en la habitación justo en ese momento y tener tiempo suficiente para encontrar una respuesta, pero, al parecer, los dioses o las fuerzas supremas a quienes dirigí mis plegarias no estaban de mi parte.

—De un joven que... —Pensé en algunos de los profesores con quienes había dado clase en la escuela de escritores diciéndome aquello de «trata de resumir en una frase el argumento de tu relato»—. De un joven que oculta cosas por miedo y que decide escribirlas para ser capaz de contarlas.

—Miedo ¿a qué? O ¿a quién?

—A la gente. A lo que le puedan decir.

—¿Y qué es lo que le preocupa al personaje?

Mis súplicas hicieron efecto, pero con cierto retraso. Ronca y Muda irrumpieron en la habitación. Muda empujaba una silla de ruedas y fue la otra la que nos anunció que tenían que llevarse a mi padre a la tercera planta para hacerle unas pruebas en Medicina Interna.

—Nos han interrumpido ustedes justo en la parte más interesante.

La cara de Muda prendió en llamas. Se limitó a sonreír y a mirar al suelo mientras ayudaba a mi padre a sentarse en la silla de ruedas.

—Será solo un rato, te lo devolvemos enseguida —sentenció la voz grave de Ronca antes de salir al pasillo.

Allí fuera comenzaba el baile de bandejas para el primer turno de comidas. Fui consciente de que, por primera vez, había perdido la cuenta del tiempo que llevaba hablando con mi padre de algo más que no fuese el tiempo o el menú.

Aproveché ese rato para seguir escribiendo.

Cuando regresaron, mi padre estaba medio adormilado sobre la cama. No probó la comida. Al cabo de una hora, una auxiliar entró en la habitación para retirar la bandeja con el menú intacto. Parecía que no iba a despertarse nunca. Me acerqué para comprobar que sus pulmones funcionaban. Su pecho, cada poco, aumentaba de tamaño. Solo entonces respiré yo también con cierta calma.

En el pasillo, que muchos utilizábamos como zona de paseo, las caras fueron, poco a poco, haciéndose reconocibles. Algunos de los pacientes tardaban días en recibir el alta, por eso los internos terminaban resultándote familiares en cuanto coincidías con ellos varias veces, e incluso sabías el motivo del ingreso de cada uno de ellos.

Fue allí donde me crucé con Practicanta. Leía algo en unos papeles sin levantar la vista al salir de una de las puertas. Se disculpó cuando la interrumpí para preguntarle si era oportuno aprovechar que mi padre dormía para salir del hospital e ir a su casa a por ropa limpia, por si el ingreso se alargaba. Acabó diciéndome que lo consultaría con alguna de sus superioras. Entendí que le trasladaría la pregunta a Ronca, a quien seguía a todas partes salvo en ese momento, que entraba y salía de las habitaciones ella sola.

Seguí caminando por aquella galería llena de paseantes lentos que, como yo, iban de un lado a otro fingiendo que no les importaba malgastar el tiempo de aquel modo. Cada vez que pasaba por la 729, me detenía junto a la puerta para comprobar que mi padre seguía dormido. Ni el ruido de los coches en el exterior ni el murmullo constante del pasillo alteraban su sueño, que debía de ser profundo.

Al cabo de unos minutos, vi salir a Ronca del despacho donde las enfermeras solían reunirse para organizar turnos y donde tenían colocadas, contra una pared, varias literas que utilizaban para descansar durante sus guardias.

—Puedes salir, si lo necesitas —me dijo—. No te preocupes. Es probable que continúe durmiendo todavía un tiempo.

Aproveché para hacerlo. Solo había pasado una noche allí dentro, pero al salir parecía que el verano estuviese a punto de terminar. El cielo estaba completamente secuestrado por un ejército de nubes oscuras que no tardaron en escupir su munición. De repente, parecía haber anochecido y no eran ni las siete de la tarde.

La casa de mis padres estaba cerca. Caminando no habría tardado más de veinte minutos, pero, con la repentina tormenta, decidí coger el autobús que, en ese momento, llegaba a la parada que había justo frente a la salida del hospital.

No quedaba ni un sitio libre. Había bastantes pasajeros de pie, muchos con la ropa y el pelo empapados. Permanecí junto al conductor hasta que, en una de las paradas, se bajaron varias personas y se fue creando un poco de espacio hacia la mitad del pasillo, donde conseguí llegar arrastrado por la corriente de gente que seguía entrando.

De pronto, el autobús frenó en seco. La fuerza nos impulsó hacia delante, como si el conductor fuese un imán, y nosotros, simples piezas metálicas atraídas por pura fuerza magnética. Hubo quien acabó por el suelo tras el frenazo. Los coches comenzaron a pitar a nuestro alrededor. La lluvia era tan fuerte que apenas se veía a través de los cristales. El conductor se llevó las manos a la cabeza. Fue todo lo que alcancé a ver. Después lo vi quitarse el cinturón de seguridad, colocarse un chubasquero y abrir las puertas delanteras para salir. Atravesó las dos líneas rectas de luz que proyectaban los faros delanteros. La lluvia arreciaba. Dentro del autobús, la gente empezó a murmurar, cada vez más alto. Quienes ocupaban los asientos delanteros fueron los que comenzaron a describir cuanto veían: una moto por el suelo, alguien tendido en el asfalto, varios coches parados alrededor...

Cuando el conductor volvió a entrar, la ropa le chorreaba. Anunció que un pequeño accidente obligaba a tener que desalojar el autobús y nos invitó a bajar allí mismo y esperar en la parada más cercana a que otro compañero viniese a recogernos. El murmullo se hizo más sonoro; las quejas de algunos pasajeros se mezclaban con los comentarios de otros. De pronto, las puertas se abrieron y la gente, sobresaltada, comenzó a salir en todas direcciones.

No tenía nada con que protegerme de la tormenta, así que decidí salir corriendo para alcanzar la marquesina más próxima. Nada más dejar el autobús, vi la moto tirada y a varias personas atendiendo al herido, que estaba en el suelo. Me moví entre los coches y al acercarme un poco más lo vi.

—¿Tom? —dije en voz baja, como si hablase solo para mí, pero, acto seguido, grité—: ¡¿Eres tú, Tom?!

Durante diez meses estuve trabajando en Londres.

Después de varios contratos en prácticas en Madrid, conseguí una beca para trabajar en la Tate Modern, la galería nacional de arte británico y arte moderno. Es un edificio imponente de pasado industrial, custodiado por la enorme cúpula de la catedral de San Pablo justo al otro lado del río.

Era lo que veía cada mañana nada más entrar a trabajar desde el ventanal de las oficinas, salvo los días en los que la niebla devoraba la ciudad. Me asignaron una pequeña mesa dentro del Departamento de Comunicación del museo en la última planta del edificio. Allí trabajaba con gente de todo el mundo. Yo era el único español, junto con Claire, pero con ese nombre nadie reparaba en ello hasta que nos escuchaban hablar entre nosotros. Su madre, que era francesa, había conocido a su padre estudiando durante un verano en Madrid, donde decidió quedarse a vivir, y fue allí donde nació Claire. Todo esto lo descubrí en las pausas para tomar café o en alguna de las salidas que hacíamos con el resto de los compañeros del museo, con quienes fui ganando confianza muy poco a poco. Claire se consideraba ciudadana del mundo. Le gustaba contar historias de sus viajes y a mí me encantaba escucharla hablar sobre sus experiencias en India, en Japón, donde también estuvo trabajando, en Argentina... Londres se encontraba entre sus ciudades preferidas. Llevaba viviendo allí dos años cuando me incorporé al departamento.

Una mañana, durante uno de nuestros descansos, salí al parque que rodea el museo, en la ribera del Támesis. Bajé a comer solo, sin Claire. A menudo utilizábamos la terraza de la cafetería o nos tumbábamos en el césped cuando la lluvia lo permitía. No recuerdo si era finales de mayo o, tal vez, principios de junio; una mañana soleada, eso sí. Antes de vivir en Londres, había oído que tenía un clima triste y melancólico. En mis anteriores visitas había visto el cielo bastante gris, amenazante, y las nubes parecían olas del mar en pleno temporal. Nada que ver con aquel día.

Busqué un banco tranquilo a pesar de que había bastante gente paseando. Las sombras de los árboles cercanos dibujaban sobre mí una especie de jaula. Inmóviles, las ramas parecían barrotes de hierro imposibles de atravesar. Saqué un libro de la bolsa de tela para leer mientras comía. De vez en cuando, alguna persona pasaba junto a mí con paso tranquilo haciendo crujir la gravilla. De pronto, alguien cruzó por delante. Repitió el mismo movimiento en varias ocasiones. Desvié un poco la mirada del libro para fijarme con más atención y pude ver un pantalón de traje azul y unos zapatos de piel marrón, con varias hebillas. Hablaba por teléfono mientras se movía de un lado a otro.

No quise alzar la vista para que no me viera mirarlo directamente. Fingir siempre se me había dado bien, así que disimulé, hice como que seguía leyendo, sin levantar la cabeza ni mover los ojos del papel, pero atento a sus movimientos.

Entonces los pies de aquel extraño se pararon a pocos pasos de donde estaba sentado con el libro abierto sobre mi pierna izquierda. La piel lustrosa de aquellos zapatos se inundó de sol en un claro donde la luz les daba de lleno y el marrón se hizo más brillante, más luminoso. Comenzó a caminar hacia mí, hacia el lado vacío del banco. Noté cómo se me aceleraba la respiración y el pulso se descontrolaba hasta hacerse irregular. Aun así, no quité ojo del libro, ni siquiera cuando se sentó a mi lado, nada más colgar la llamada. Le oí resoplar en varias ocasiones, como si intentase contener el aire dentro de sus pulmones, pero fuera tan denso que le quemase dentro. Seguí sin moverme. Soltó un «joder» seguido de un suspiro, casi un susurro.

¿Era español? Me pregunté si se habría fijado en el título del libro, también en español, al tenerme tan cerca.

Cuando giré levemente la vista hacia él, debió de notar mi mirada.

—Disculpa. No quería molestarte.

Lo dijo en inglés mientras levantaba las dos manos con las palmas abiertas hacia mí. Confirmé que no, que no se había fijado en el libro. Mi respuesta fue una sonrisa breve, como para darle a entender que no me había interrumpido.

Al mirarlo con un poco más de atención, me bastaron apenas unos segundos para calcular que era unos cuantos años mayor que yo. Superaba los treinta sin ninguna duda.

Moreno, con el pelo largo y recogido en una coleta baja. Se quitó la chaqueta del traje y las rayas azules oscuras de la camisa parecían estar tatuadas en su piel. Se le intuían los músculos del pecho y de los brazos bajo la tela ceñida en la que se adivinaban unas pequeñas marcas de sudor en la zona de las axilas.

Sonó de nuevo su teléfono y se levantó del banco como un resorte. Las piedrecitas volvieron a crujir bajo sus pies con cada pisada. Se alejó unos metros del banco, donde había dejado su chaqueta, pero a esa distancia era capaz de escuchar parte de su conversación, esta vez en español.

Quise disimular mi curiosidad y evitar que sucediera, pero hasta en tres ocasiones nuestras miradas se cruzaron. Las dos primeras vi cómo era él quien me estaba observando cuando levanté la vista de la lectura; la tercera fue él quien me descubrió. Fingí estar mirando más allá de él, como a través de su cuerpo, hacia el puente, hacia la catedral.

Pensé que en cuanto acabase de hablar volvería a por su chaqueta, así que decidí esperar sentado, sin moverme de allí para no dejarla abandonada sobre el banco, como si la custodia de aquella prenda hubiese recaído en mí sin opción a réplica. Con cada movimiento de sus pies se alejaba un poco más; tanto, que de pronto vi cómo aceleraba el ritmo en dirección al museo. No tuve apenas tiempo de reacción. Cuando estaba muy cerca ya de la puerta principal, recogí rápido mis cosas, metí el táper de cristal con los restos de comida en la bolsa, también el libro, y con su chaqueta en la mano volví al museo, tras él.

Accedí por la entrada de la sala de turbinas, ese espacio inmenso como una catedral gigante, diáfana como la boca de una ballena. No lo vi por ningún lado, tampoco junto a los tornos de acceso. Con la tarjeta de empleado, entré por un lateral para sortear a los visitantes que hacían cola. Subí un tramo de escaleras y tampoco lo encontré en la zona cercana a la tienda del museo. Me vi en mitad de aquella mole, con la chaqueta de un desconocido en la mano, como el niño que espera a los padres que llegan tarde a la salida del colegio. Pensé en acercarme al ropero, junto a la oficina de objetos perdidos, y dejarla allí por si en algún momento preguntaba por ella, pero antes de comenzar a moverme, lo vi de nuevo a lo lejos, atravesando el vestíbulo para salir otra vez hacia la calle. Volví a bajar las escaleras y nada más salir por la puerta, como si algo hubiese llamado su atención o cambiado de destino, se giró y nos chocamos. La bolsa de tela cayó al suelo y los dos oímos cómo el táper de cristal se hacía añicos allí dentro, junto al libro.

—Dame un minuto, te llamo ahora —dijo antes de colgar la llamada.

Se agachó para recoger la bolsa.

—Lo siento, discúlpame —dijo, todavía hablando en inglés.

—No te preocupes —respondí en el mismo idioma—. Es solo un táper sin importancia. Vacío.

Sacó el libro y lo sacudió en el aire para intentar deshacerse de los cristales. Fue entonces cuando se fijó en el título.

—¿Eres español? —preguntó, pero esta vez en mi idioma.

—Sí —respondí con una media sonrisa, sin levantar la vista del suelo.

—¿Y qué hacemos hablando en inglés?

Me acercó la bolsa de tela.

—Dime si puedo hacer algo para arreglar todo esto.

—No, tranquilo, de verdad. No tiene importancia.

Cogí la bolsa con una mano y le tendí la chaqueta con la otra.

—Esto es tuyo.

—Yo te rompo todo y tú en cambio...

No terminó la frase. Levantó la chaqueta unos centímetros, a la altura de los hombros, estirando el brazo. Volví a fijarme en cómo la camisa se ajustaba a sus músculos. De uno de los bolsillos interiores de la chaqueta sacó varias tarjetas de visita y me acercó una.

—Me tengo que ir, pero, por favor, si puedo hacer algo por ti, llámame.

Lo primero que hice nada más coger la tarjeta fue mirar alrededor para comprobar que nadie nos estaba mirando.

—De nuevo, gracias —dijo, y volvió a levantar la chaqueta.

No hubo tiempo para más porque su móvil comenzó a sonar de nuevo. Hizo un gesto rápido como de disculpa señalando el teléfono y aceptó la llamada, se giró y se marchó.

Me fijé en la tarjeta que acababa de darme, con su nombre y un número de teléfono con prefijo inglés. La metí rápido entre las páginas del libro y tosí para intentar estabilizar mi respiración.

Regresé a la oficina agitado, como si el libro que llevaba en la mano fuese, en realidad, una granada a punto de estallar. Lo sacudí con urgencia sobre mi mesa hasta que la tarjeta con el número de teléfono salió disparada junto a unos pocos cristales que todavía quedaban entre sus páginas. Volví a mirarla y la guardé en el último cajón de la mesa, bajo los papeles que había ido acumulando en las últimas semanas.

Habría sido incapaz de recordar el número, pero no su nombre: Tom.

—¿Qué ha pasado? ¿Qué haces aquí?

Me agaché para comprobar que estaba en lo cierto. Quería saber si aquel hombre, tirado en mitad de la calzada, era Tom.

—Disculpe, ¿puede apartarse, por favor? —gritó alguien a mi lado—. Este hombre necesita ayuda. ¡Apártese! —Era el conductor del autobús.

—¿Qué haces aquí, Tom?

No reaccionaba. El pelo que sobresalía del casco estaba mojado y le dibujaba pequeñas serpientes por toda la cara. El agua de la lluvia se mezclaba con la sangre que le brotaba de una brecha en mitad de la frente.

—¡Lo conozco! ¡Es amigo mío! —grité, no sabía muy bien a quién.

Enseguida llegó una ambulancia. La calle era un caos. No paraba de llover. Los curiosos se habían parado para ver qué ocurría y el autobús seguía bloqueando la circulación. Los coches no dejaban de pitar y los tímpanos me iban a estallar con el ruido de la sirena de la ambulancia.

—¿Es familiar suyo? —me preguntó uno de los dos sanitarios nada más acercarse a Tom.

—Es un amigo. No sé muy bien qué ha pasado. Yo iba en el autobús y...

—¡Se ha metido delante de repente!

El que gritaba era el conductor, que una y otra vez se tocaba la cabeza con las manos.

—Tenemos que llevárnoslo al hospital. ¿Nos acompaña?

Inmovilizaron a Tom. Le sujetaron el cuello con un collarín amarillo y lo tendieron sobre una camilla con ruedas que arrastraron hasta la ambulancia, donde acabé subido junto a los paramédicos que lo atendían de camino al hospital.

Volví antes de lo previsto. Y lo hice con mi ropa todavía mojada y sin la de mi padre, que estaba despierto sobre la cama.

—Me ha dicho Ronca que te habías ido aprovechando que estaba medio drogado —dijo nada más verme entrar en la habitación.

Fuera seguía la tormenta. Las gotas de lluvia repiqueteaban contra la ventana y parecían reproducirse también dentro de mi cabeza mientras intentaba buscar alguna excusa rápida.

—Mira cómo llueve. —Sin querer había sacado el tema del tiempo una vez más—. Iré más tarde.

—¿Y dónde has estado, que vienes así?

Pensé en Tom, en la moto tirada por el suelo, en el viaje en ambulancia de vuelta hasta el hospital y lo imaginé intubado en una cama de otra habitación unas plantas más abajo.

—Salí a por un café y me pilló el chaparrón.

—Ya podrías haberme subido uno. —Mi padre sabía de sobra que lo tenía prohibido durante su ingreso.

Mi mentira duró menos de lo que me habría gustado.

—Disculpa... —Practicanta fue la que me descubrió ante mi padre en plena tormenta—. Tu amigo se encuentra mejor. Acaba de pasar a planta. Puedes bajar a verlo cuando quieras.

Yo no la miraba a ella, sino a la cara de mi padre, que sí la estaba observando atentamente sin entender qué sucedía.

—¿A quién? ¿Qué ha pasado?

Fue entonces cuando miré directamente a Practicanta, que debió de leer en la expresión de mi cara alguna señal de peligro y se marchó reiterando sus disculpas.

—No quería preocuparte —le dije a mi padre cuando nos quedamos solos.

—¿Qué ha pasado?

—En realidad estaba de camino a casa, cuando el autobús en el que iba chocó con una moto y...

—¿Y?

—Que lo han ingresado por un golpe en la cabeza.

—Pero ¿a quién?

—Ha sido solo un susto, por eso no te he dicho nada antes. No quería que te preocuparas.

—Me preocupo ahora. ¿Estás bien?

Le dije que sí, pero no estaba seguro.

—Practicanta ha dicho que tu amigo ha pasado a planta. ¿Era él quien iba en la moto?

—Sí. Tomás. —Me resultaba muy extraño pronunciar su nombre completo—. Un amigo de Londres, del museo.

Mi padre dejó de hacer preguntas. Me dijo que bajara a verlo, que más tarde hablaríamos con calma, pero en ese momento yo no sabía que ese «más tarde» iba a tardar tanto en llegar.

La mascarilla le tapaba media cara. Comenzó a reírse cuando aparecí por la puerta, pero la risa le provocó una tos profunda y tuvo que retirarse el oxígeno de la boca. A su lado, en otra cama, había un señor mayor cuyo rostro afilado estaba prácticamente oculto bajo su propia mascarilla. Tom se puso el índice sobre los labios para que habláramos en voz baja y no despertáramos a aquel hombre.

Me acerqué a su cama casi de puntillas.

—La que has liado —fue lo único que acerté a decir.

Él volvió a reírse, pero enseguida tuvo que utilizar la mascarilla durante unos segundos.

Hacía años que no nos veíamos, ni habíamos vuelto a hablar. Su pelo seguía tan largo como entonces, pero me fijé en que, entre algunos mechones, sobresalían varias canas tan largas y finas como telarañas.

—No sabía que estabas en Madrid.

El Prado llevaba meses preparando su bicentenario y varios museos de toda Europa se habían unido para trabajar de forma conjunta durante meses. El Victoria and Albert de Londres, donde trabajaba Tom, había decidido prestar varias piezas y él era el encargado de supervisar su traslado a Madrid.

—Vuelvo a Londres... —La mascarilla le dificultaba hablar con claridad, así que se la quitó—. Vuelvo a Londres el próximo viernes. Estaré aquí solo unos días.

Desde la muerte de su madre había decidido mudarse definitivamente allí. Antes de aquello, solía volver cada poco tiempo para verla y pasar unos días con ella. Pero no tenía hermanos ni familia alguna ya en Madrid. Me pregunté cuándo dejamos de pertenecer a un lugar para formar parte de otro nuevo.

—Espero no pasar estos días aquí ingresado... —Volvió a colocarse el oxígeno.

Le conté que mi padre también lo estaba y que, desde entonces, yo no había salido del hospital salvo para ir a casa a por ropa, pero que nunca llegué a hacerlo debido al accidente. Cada vez que intentaba hablar parecía ahogarse. El pitido de la máquina de oxígeno que respiraba a través de la mascarilla impedía mantener una conversación reposada y quedamos en hablar al día siguiente.

Decidí volver junto a mi padre, unas plantas más arriba. Y lo hice por las escaleras, pero me arrepentí de ello nada más llegar a su habitación.

—Acaban de llevárselo.

Ronca y Muda estaban retirando una bolsa vacía de suero y el antibiótico que, hasta hacía unos minutos, alejaba, supuestamente, a mi padre del peligro. Pero de él, ni rastro. Incluso su cama había desaparecido.

—Ha sufrido un pequeño mareo y han decidido hacerle unas pruebas de urgencia.

—¿Es grave?

—En cuanto sepamos algo, te decimos.

—¿Dónde está? ¿Puedo ir con él?

—No. Pero no te preocupes. Confía en mí.

¿Por qué iba a hacerlo si ni siquiera nos conocíamos? Podría seguir su criterio como enfermera, en todo caso, pero si estaba en el hospital era para acompañar a mi padre, no para esperar, solo, en una habitación vacía.

Ronca y Muda me abandonaron en aquellos quince metros cuadrados repletos de un silencio que pesaba tanto como el autobús que se había llevado por delante a Tom. Solo la tormenta, que seguía rugiendo al otro lado de la ventana, explicaba la imposibilidad de que el tiempo se hubiese detenido.

No sabía qué hacer, aparte de esperar algo de información en cualquier momento. Decidí sentarme a la mesa donde seguía mi ordenador y terminé leyendo los capítulos de la novela finalista del premio en los que aparecía Tom. Lo había camuflado bajo la apariencia de un comisario de exposiciones del museo Victoria and Albert de Londres (en eso coincidían), de padre coreano y madre inglesa (en eso, nada que ver). Sus rasgos dejaban clara su herencia paterna. Pelo corto, negro, liso y exageradamente engominado para inmovilizarlo, con raya lateral perfecta que le otorgaba un estilo clásico complementado con sus habituales corbatas de colores y sus americanas de tweed.

En uno de esos capítulos contaba nuestro segundo encuentro en Londres, después de que me dejara su número de teléfono en una tarjeta de visita que acabó en el último cajón de mi mesa de trabajo, bajo una torre de papeles que nunca volví a mirar.

Pese a mi rechazo inicial, había aceptado la propuesta de Claire de acudir a la fiesta de inauguración de una muestra sobre Grace Kelly que por aquel entonces el Victoria and Albert iba a exponer durante unos meses. Recuerdo sus consejos sobre la importancia de acudir a ese tipo de eventos porque era donde se cocían las relaciones entre museos y donde podían surgir nuevas oportunidades. Yo, que me había doctorado en pasar inadvertido durante años, dije que sí a regañadientes después de varios intentos por librarme de aquel compromiso. Pensaba que ya conocía a la gente que debía conocer durante mi estancia temporal en Londres y no consideraba necesario ampliar mi red de contactos más allá del círculo que había creado aquellos primeros meses. O eso creía.

El museo organizó el evento en la conocida como sala Cast Courts, un espacio diáfano y repleto de réplicas como un *David* de Miguel Ángel, el Pórtico de la Gloria de la catedral de Santiago de Compostela o una Columna Trajana dividida en dos partes. Todo era inmenso. Yo me sentía minúsculo cada vez que recorría esa sala y más aún conociendo esas obras, a pesar de que no eran originales sino copias a escala real. Era un espacio que imitaba, de forma exacta, otra realidad. Y yo, allí, era una copia de algo que pretendía ser real pero que, en el fondo, escondía también una realidad bien diferente.

Fue durante esa fiesta cuando coincidí con Tom. Lo reconocí por el pelo largo y enseguida confirmé que se trataba de la misma persona que se había acercado a mí mientras comía en un banco junto al museo unas semanas atrás. Él no me vio en un principio, pero desde el momento en que fui consciente de que era él, comencé a urdir una estrategia absurda de camuflaje agazapándome entre el resto de los invitados que iban y venían con copas de vino en la mano. Sabía de sobra que mi plan estaba abocado al fracaso, y menos de diez minutos después me descubrió entre la multitud. Aprovechó el momento en que Claire, después de levantar la mano con la copa a modo de saludo, me dejó solo para ir hablar con alguien que había visto de lejos. Mientras Tom se acercaba a mí, lamenté no tener a nadie cerca con quien refugiarme del encuentro inminente y entendí entonces la teoría de Claire sobre la importancia de tejer una buena red de contactos.

La puerta de la habitación de mi padre se abrió de repente. Estaba tan concentrado en la lectura mirando la pantalla del ordenador que no había reparado en que, de un momento a otro, las enfermeras podían regresar con él. Pero no eran ellas, sino una mujer mayor que se había equivocado de puerta. Me pidió disculpas después incluso de encender la luz y ver que su marido no se encontraba allí.

Retomé la lectura justo en el momento en el que Tom se acercaba para hablarme.

—Espero no cargarme nada de cristal esta vez. —Levantó su copa de vino blanco a modo de saludo—. Por cierto, el otro día no pude ni presentarme. Soy Tomás, pero aquí —movió de nuevo la copa haciendo una especie de circunferencia en el aire que englobaba a los invitados en aquella sala del museo— todos me llaman Tom, que suena más *british*.

—Encantado. ¿Trabajas aquí?

—Sí. Me encargo de las exposiciones, como la que hoy presentamos. No sé si te ha dado tiempo a verla.

—No, todavía no. En realidad, pensaba verla más tarde con la persona con la que he venido.

—¿Has venido acompañado?

—Sí.

Intenté no mencionar a Claire en ningún momento por si mi estrategia de decirle que había acudido a la inauguración con alguien servía como catalizador de su vuelta hacia la multitud de la que había salido para acercarse a mí.

—De todos modos, si necesitas un guía…

Levantó una vez más su copa, no sé si con la intención de que brindase con él, pero mi mano permaneció inmóvil.

—Pero ¡bueno! ¿Os conocéis?

Era Claire, que volvía junto a nosotros.

—¡Claire! —gritó Tom.

Se abrazaron. Los cumplidos que se lanzaban eran como un bumerán. Yo estaba en mitad de su trayectoria, callado, casi inmóvil. Mi compañera hizo las presentaciones y propuso que quedáramos los tres a cenar una tarde. Tom y yo debíamos conocernos. Claire tenía el presentimiento de que íbamos a conectar.

—Siempre has tenido buen ojo para eso, *my Claire* —dijo Tom, que aceptó de inmediato sin dejar de mirarme, a la espera de mi confirmación.

Me limité a sonreír y levanté la copa de vino tal como hicieron ellos.

Fuera seguía lloviendo. Apenas unas farolas de luz anaranjada iluminaban las calles. El ruido de algún que otro coche al pasar cerca del hospital agrietaba el silencio que se colaba por la ventana entreabierta de la habitación. Salí al pasillo, también silencioso, desierto durante la madrugada. Era como estar dentro de un sueño en el que todo el mundo había desaparecido de repente. Eso era lo que había deseado en más de una ocasión. Aunque, más bien, quizá era yo el que había querido desaparecer.

A esas horas, el ir y venir de camas, de sillas de ruedas y de paseantes a la deriva estaba congelado. Pensé en mi padre, en si estaría tranquilo, en si las pruebas habrían ido bien y en cuándo volvería a verlo en la habitación. El turno de las enfermeras víctimas de nuestros apodos debía de haber terminado porque no vi a ninguna de ellas cuando pasé junto a su despacho. Era ya mi segunda noche allí, encerrado, y no por prescripción médica, junto a pacientes en cierto modo impacientes. Lo único que podía hacer era esperar. Esperar a mi padre o, al menos, esperar a que me dijeran algo de él, a que alguien me informase de su evolución.

Ronca fue la que me dijo que lo habían bajado unas plantas, pero se me había olvidado preguntarle a cuál. Si hubiésemos sido protagonistas de *Siete plantas*, de Dino Buzzati, pensaría que su dolencia habría empeorado y, por tanto, al estar cerca de la primera planta, estaría también más próximo a ese final que muchos enfermos prefieren no mencionar.

Al llegar al fondo del pasillo, pensé en Tom, también unas plantas más abajo. ¿Seguiría conectado al oxígeno? ¿Le darían pronto el alta? De forma inconsciente, pulsé el botón de llamada de los ascensores al pasar por su lado. Justo en ese momento, las puertas de uno de ellos se abrieron.

Menos de un minuto después había bajado varios pisos y me encontraba delante de su habitación.

Una de las ventajas de irme a vivir a Londres fue que allí no tenía que fingir. O, al menos, no delante de mi familia. Cualquier plan traía consigo la libertad de no tener que dar explicaciones. Aun así, seguía sin ser sincero con los demás; tampoco conmigo mismo. Con Claire no lo tuve tan fácil para mentir.

—Aquí nadie te juzgará. No te mirarán por la calle, aunque vayas junto a una llama peruana.

Me lo dijo una mañana en el museo, en medio de la oficina, después de preguntarme si tenía pareja. No mencionó si hombre o mujer; se limitó a decir eso, «pareja». Negué moviendo la cabeza mientras miraba al resto de los compañeros que seguían trabajando a nuestro alrededor.

—Londres es un buen lugar para conocer gente. Ya me encargaré yo de presentarte a alguien.

Ese «alguien» fue Tom.

Cada vez me resultaba más sencillo digerir esa pregunta cuando me la planteaban. Esa relativa tranquilidad me la dio, en parte, aquella ciudad donde, por alguna razón, podía ser alguien más parecido a mí mismo. No me había pasado en muchas ocasiones, que me lo preguntaran, pero la que más recuerdo es la primera, unos años antes. Me la hicieron Margaret y John, y fue como una puerta abierta hacia el mismísimo abismo. Eran un matrimonio inglés con quien conviví uno de los veranos que fui a estudiar a Inglaterra siendo adolescente. Fueron mi familia de acogida durante varias semanas, y estaban acostumbrados a recibir a estudiantes que, como yo, buscaban perfeccionar el idioma. Para eso, lo más importante era hablar, y ellos me obligaban a hacerlo. Nada más recogerme del autobús que me llevó hasta la ciudad en la que vivían, a pocos kilómetros de Londres, comenzó el interrogatorio. Íbamos los tres en el coche, ellos dos delante; yo, detrás. «¿Cuántos años tienes? ¿De qué parte de España vienes? ¿Es tu primera vez en Inglaterra?». Y siguieron. «¿Tienes hermanos? ¿Qué tal te llevas con tus padres? ¿Qué te gustaría estudiar?». Y más. «¿Qué aficiones tienes? ¿Hablas algún otro idioma?». Hasta que entramos en terreno pantanoso, al menos para mí. «¿Y tienes pareja?».

Pareja.

Era la primera vez que alguien me hacía esa pregunta, y me resultó extraña, sobre todo después de escuchar durante años si ya tenía novia, si estaba saliendo con alguna chica…

Pareja.

Ellos emplearon exactamente esa palabra.

Ni siquiera pensé en conjugar una oración con algún verbo auxiliar; tampoco quería crear una confusión eligiendo mal los pronombres. Por eso me limité a decir «no».

Y siguieron las preguntas:

—¿Ni novia?

Un breve silencio.

—No.

—¿Ni novio?

Un silencio un poco más largo.

Aquella pregunta fue como un tren llevándose por delante nuestro coche tras quedarse atascado en mitad de las vías. Llegué a sentir el impacto e imaginé mi cuerpo saliendo despedido del interior del vehículo por alguna de las ventanillas.

El resto del viaje me hablaron de su rutina (estaban jubilados), de su familia, del barrio en el que vivían... Yo me limitaba a responder de forma escueta a las preguntas que de vez en cuando me hacían.

Al llegar a casa me invitaron a subir al piso de arriba, donde estaba la habitación que ocuparía durante mi estancia con ellos. Todos los cuartos estaban ya vacíos desde que sus dos hijos, una chica y un chico, se habían independizado: el hijo con su esposa y la hija con su pareja.

Volvieron a mencionar *esa* palabra.

Y fue entonces cuando me enseñaron una fotografía de ella, de su hija, al lado de su novia en un viaje a Nueva York. El marco estaba en una balda de madera colocada en una de las paredes, junto al armario.

Precisamente la habitación de la hija fue mi habitación durante aquellas semanas.

Al otro lado de la puerta, imaginé a Tom tumbado en su cama, intubado, respirando a través de la mascarilla de oxígeno. Tal vez dormido. Solo tenía que abrirla para entrar y verlo, pero cuando fui a girar el pomo, una enfermera salió de la habitación de al lado.

—¿Todo bien? —preguntó sin dejar de mirarme, extrañada al ver que me disponía a entrar en una de las habitaciones a esas horas.

Le expliqué que dentro estaba un conocido y que quería saber cómo se encontraba.

—¿El señor Gómez?

El primer apellido de Tom no era ese. Supuse que se refería al segundo, pero me parecía muy extraño que la enfermera se refiriese a él así.

—Es Tomás, que ha ingresado esta tarde. Ha sufrido un accidente de moto y...

No me dejó terminar.

—Ah, sí. Disculpe. El hombre joven.

Asentí con la cabeza y debí de hacerle algún gesto con la cara como quien espera una respuesta que no llega.

—Ya no está aquí.

Habría pagado por ser la enfermera y ver qué expresión se me quedó después de escucharla.

—Lo han subido a la séptima planta —añadió enseguida—, quizá mañana le den el alta.

Ni siquiera me despedí de ella, ni le di las gracias. Corrí por el pasillo casi de puntillas intentando hacer el menor ruido posible para no despertar a nadie y, ya en las escaleras, los escalones los subí de dos en dos hasta llegar a la séptima planta. Me dolía el pecho, no sé si por el esfuerzo o por los nervios de saber que habían llevado a Tom a la misma planta que mi padre. Era inevitable. Se iban a ver y tenía que empezar cuanto antes a inventarme una historia sobre él para cuando mi padre me preguntase.

En el pasillo todo seguía en silencio. Me extrañó no haber oído hablar a nadie, ni siquiera un ruido, cuando subieron a Tom a su nuevo cuarto.

Las enfermeras habían desaparecido y las puertas de las habitaciones estaban cerradas. Para localizarlo, bastaba con abrirlas una a una, pero sabía que no podía hacer eso. Decidí entonces volver a la mía, a la de mi padre, y seguir leyendo.

Para la primera cita a tres, Claire reservó en Brewmaster, un restaurante junto a Leicester Square. Llegué puntual y, como siempre, el primero. Al subir al piso de arriba, un camarero localizó la reserva y me acompañó hasta una de las mesas que había junto a las ventanas. Lo primero que hice nada más sentarme fue enviar un mensaje a Claire para reprocharle no haber elegido un sitio un poco más discreto, sin tantos comensales alrededor. Nada más enviarlo, apareció Tom al fondo, con el mismo camarero que me había acompañado a mí. Se acercó y me saludó con dos besos antes de sentarse.

Él se quitaba la americana mientras yo ardía de vergüenza. En ese momento me sentí como esas lámparas de luz brillante que atraen a los mosquitos hasta morir achicharrados. Notaba las miradas como puñales de quienes teníamos cerca. Me estallaba la cabeza, me zumbaban los oídos y la camisa se me pegaba cada vez más a la espalda.

—Relájate. Ni que hubieses visto un muerto.

Quería matar a Claire. Y rematarla cuando, a los pocos

minutos, mientras Tom y yo la esperábamos en la mesa tomando un vino, nos escribió el mismo mensaje disculpándose por no poder acompañarnos. No quise ni leer su excusa. Imaginé de inmediato que lo había hecho a posta; quería forzar una cita entre nosotros y yo había caído. Ahora ya era uno de esos mosquitos, achicharrado contra la luz.

Tom me habló de él y yo le hablé de mí, pero con cierta censura. Bebimos y seguimos haciéndolo después de la cena. Me llevó a The Cambridge, un club próximo al restaurante, junto al Palace Theatre, al que había ido en más de una ocasión con Claire y otros compañeros del museo. Me sentía cada vez mejor, el alcohol ayudó a disipar ciertos pudores y, un par de horas después, acabamos en su casa, un apartamento en un edificio bastante viejo, pero reformado, a tan solo unas calles de Picadilly Circus.

Se lo negué durante semanas a Claire, a pesar de su insistencia en que le contara todo lo que había pasado. Tom y yo pactamos hacerlo así, se lo pedí como un favor personal, y él cumplió su palabra. Nunca se lo confesó.

Pero ella no se enteró por Tom. Ese fue el problema.

Fueron las enfermeras las que, con mi padre de vuelta, me despertaron. Estaba apoyado sobre la mesa, con el ordenador al lado. Debí de dormirme en algún momento mientras leía el capítulo de aquella primera cita a solas con Tom.

—Por la mañana, el médico de guardia te entregará los resultados de las pruebas y podrás preguntarle todo lo que necesites sobre el estado de tu padre —fue lo único que dijo una de ellas después de empujar la cama hasta su posición original.

No tuve opción a réplica, ni supe nada sobre el estado de mi padre hasta la mañana siguiente.

Esa noche fui incapaz de dormir. Mi estómago parecía haberse convertido en una madriguera repleta de animales. No podía parar de moverme por la habitación, de lado a lado, mirando una y otra vez la hora en la pantalla del teléfono y con la necesidad de que pasara el domingo, que llegase el lunes, que el tiempo se acelerara para salir con mi padre de aquel hospital cuanto antes.

Recordé entonces todas las veces que deseé que no llegara nunca el lunes. Era algo que solía ocurrir muchos domingos cuando, siendo pequeño, volvía con mis padres del pueblo en coche. Era uno de los planes que solíamos hacer muchos fines de semana. Cuando eso ocurría, repetíamos la misma rutina: los sábados nos quedábamos en Madrid por el trabajo de mi madre y los domingos, cuando los dos libraban, íbamos a casa de mis abuelos. Pasábamos allí el día y, después de cenar, regresábamos, casi siempre tarde, para evitar los atascos.

Me gustaba viajar de noche. En realidad, me sigue gustando, especialmente en invierno, cuando las horas de luz se reducen y esa oscuridad me proporciona, como lo hacía entonces, cierta tranquilidad.

Pero volver era doloroso porque el lunes estaba cada vez más cerca y durante muchos años los lunes suponían reencontrarme en el colegio con ciertos asuntos para los que, por entonces, no tenía las herramientas con las que poder gestionarlos. Con la cabeza apoyada en el cristal, volvía a hacer un repaso mental a la forma de hablar, a las palabras que no debía usar, si tenía que mover las manos de un modo u otro o, directamente, dejar de moverlas, anclarlas a los costados, o si mi forma de caminar podría desvelar algún indicio... Tampoco es que aquello se solucionara con el paso de los años, pero con la edad supe cómo protegerme de las filtraciones de agua que durante años amenazaron con colarse por las rendijas de aquel débil aislante que había sido capaz de diseñar siendo tan solo un niño.

Me pregunté si mi padre desearía en ese momento que llegase el lunes, pero era imposible preguntárselo. Estuve observándolo fijamente hasta que, a primera hora, regresaron las enfermeras para suministrarle la primera dosis de antibiótico del día.

—¿Pensabas que te habías librado de mí? —me dijo mientras preparaban los tubos.

No fui consciente hasta ese momento de cuánto echaba de menos oír su voz. Había estado fuera de la habitación solo unas horas, pero ese espacio de tiempo parecía haberse estirado como una de esas gomas que solían colocarle en el brazo cada vez que necesitaban prepararle la vena para extraerle sangre.

—¿Cómo estás? —le pregunté—. Estaba preocupado.

Es probable que esa fuera la primera vez que le decía abiertamente lo que sentía. Fue un acto reflejo, como si las palabras hubieran salido de mi boca sin haberlas pensado una milésima de segundo antes. Noté calor en la cara y las palmas de las manos comenzaron a sudar.

—Supongo que bien —respondió—. He estado la mayor parte del tiempo dormido. Se me ha pasado volando y aquí estoy otra vez, de vuelta en la suite.

Podrían haberle extirpado el hígado, que él seguiría sin perder el sentido del humor. Me habría gustado ser como él: optimista, siempre consciente de que quien te escucha no tiene por qué cargar con los fardos de angustia que cada uno lleva a la espalda. Y me habría gustado decírselo, pero esta vez sí que pensé antes de hablar. Yo era, y soy, más como era mi madre: insegura, pesimista, irremediablemente angustiada por el qué dirán y exigente. En exceso. Un cóctel molotov.

—He soñado con tu premio —me dijo.

Esperé a que las enfermeras terminaran su trabajo y saliesen de la habitación para contestar.

—Espero que no acabase en pesadilla.

—Para que los sueños se cumplan, no hay que contarlos, o eso dicen. Aunque siempre he oído que si sueñas con alguien que se muere, debes contárselo cuanto antes para que eso no ocurra en la vida real. ¡Cuánta patraña!

Nos reímos a la vez. Después de unos segundos en silencio, él volvió a hablar:

—¿Sigue ingresado?

De nuevo, un silencio breve.

—Tu amigo.

Supe que hablaba de Tom sin necesidad de que completase la pregunta. Durante el tiempo que duró la conversación con mi padre me había olvidado de él. Debió de notarme un gesto raro en la cara porque, nada más hacer la pregunta, añadió en voz baja:

—¿Todo bien?

—Le dieron el alta anoche. Hace unas horas, vaya.

Me arrepentí de haberle mentido nada más decirlo. En cualquier momento podrían coincidir por el pasillo porque estaban en la misma planta. Era absurda la respuesta, pero no se me ocurrió nada más. Sentí la necesidad de huir de aquella habitación. Pensé en aprovechar que mi padre parecía estable para salir del hospital e ir a su casa primero, y a la mía después, a por ropa limpia para los dos. Aprovecharía para darme una ducha y comer algo decente antes de regresar. Era una estrategia absurda para eludir un previsible encuentro con Tom, pero a mi padre le pareció una buena idea.

—Te vendrá bien despejarte —me dijo—. Con que se quede uno aquí de guardia es suficiente. Empezaremos por mí. —Y soltó una carcajada.

Antes de irme, acordamos que esperaría a que el médico de guardia viniese a visitarlo. Aparentemente todo estaba bien, nos dijo. Los resultados de las pruebas a las que le habían sometido durante las horas de ausencia de su habitación no habían arrojado ningún dato preocupante y, si todo seguía igual, el médico decidiría qué hacer a partir del lunes.

Pero los lunes, a veces, parecen no llegar nunca.

Esa tarde, después de ir a por ropa limpia para mi padre, decidí pasarla en casa. Me preparé algo de comida y dediqué varias horas a leer tumbado en el sofá antes de volver al hospital. En la bolsa donde guardé la ropa había metido también libros de sobra para unos cuantos días; algunos eran para mi padre, tal como me pidió. «Nada de hospitales». Esa fue su única condición. Y la cumplí.

La salud de mi padre siempre ha sido de admirar. Pocos recuerdos suyos tengo —puede que ninguno— de un simple catarro o una gripe, ni siquiera algún dolor que le impidiera moverse. Nunca lo habían ingresado hasta ese momento; tampoco había tenido que someterse a ninguna operación relevante. Nada. Una salud admirable. Tanto como su inteligencia, a pesar de no haber tenido la posibilidad de asistir al colegio muchos años. Empezó a trabajar siendo demasiado joven. Lo hizo en granjas de pueblos de la sierra y luego en el extranjero. Con dieciséis años ya había vivido y trabajado en Francia, Alemania y Suiza. Y no, leer no figuraba entre sus aficiones, tal vez por no haber tenido nunca la oportunidad de acercarse a la literatura. Tuvo que invertir su escaso tiempo libre en servir a las familias para las que trabajaba y todo por conseguir un mísero sueldo que ni siquiera acababa disfrutando él mismo porque lo enviaba de vuelta a España para que sus padres lo administraran. Por eso y porque, tal vez, la lectura ni siquiera estaba bien vista en el entorno en el que le tocó crecer, no pudo acercarse a ella y descubrirla. Era como si el hijo de una familia de obreros de un astillero en plena construcción del Titanic pretendiese ser el capitán de ese buque. Imagino que debía de ser imposible para alguien como él soñar tan alto. Puede que por todo eso su cuerpo se hiciese más resistente, como su salud. Pero todo acaba llegando, como los lunes.

Cuando entré en la habitación, lo vi de pie, descalzo, junto a la ventana. Sonaba una música suave, una melodía de piano y violín, que procedía de algún otro cuarto no muy lejos del suyo.

—Podrías haber venido más tarde —me dijo cuando le saludé al entrar—. Tal vez tengas cosas que hacer.

No se giró en ningún momento. Seguía de espaldas, con las manos apoyadas en el marco de la ventana, abierta de par en par. Me acerqué hasta el armario que había frente a la cama para sacar de la bolsa su ropa limpia y entonces vi su reflejo. Uno de los cristales de la ventana me devolvía la imagen de mi padre llorando. Supe que lloraba porque vi cómo su mentón vibraba, como si esa música que llegaba a lo lejos reverberase allí mismo, en su mandíbula.

Mi corazón se saltó un latido. No sabía qué hacer, si acercarme a él o, por el contrario, dejarle tiempo para recomponerse. Opté por lo primero y lo hice en silencio. Ante mi miedo a no saber qué decir, le puse la mano sobre el hombro y apreté. Siguió sin variar un centímetro su posición hasta que, unos segundos después, movió una de sus manos y la colocó sobre la mía.

—Me pregunto qué pensaría tu madre si me viese aquí —dijo.

Mi corazón había dejado de latir. Era eso o, tal vez, alguien me había atravesado la espalda con un bisturí y, sin anestesia, me lo había rajado por la mitad hasta conseguir pararlo en seco. Todo empezó a ir lento, como si flotásemos. Sentí que desaparecían los muros del hospital, que los edificios que teníamos delante de nosotros se hundían como se hundieron las Torres Gemelas de Nueva York, uno a uno, hasta desaparecer por completo de nuestra vista entre el polvo oscuro que lo cubría todo. Y, al fondo, aparecía mi madre. Intentábamos correr hacia ella, pero la nube de polvo la ocultaba por momentos. Mi padre, delante, avanzaba deprisa, y yo le seguía todo lo rápido que era capaz, pero nunca la alcanzábamos. Me vi gritando a la nada. ¡Mamá! ¡Mamá! Pero ¿de qué me servía gritar así si la ciudad había desaparecido ante nosotros bajo ese nimbo casi opaco que arrastraba a mi madre hacia la oscuridad? Y nosotros allí, en mitad de la nada, corriendo hacia ninguna parte.

Mi padre cerró la ventana de la habitación y se giró. Y lo abracé. Lo hice como nunca lo había hecho hasta entonces. Como si quisiera impedir que desapareciese, como si abrazándolo pudiera evitar que se fuera, que el humo gris del caos se lo llevase, como había hecho con mi madre.

Mi madre era silencio.

Fue silencio mientras vivió y silencio después de que un tumor la devorase con la misma velocidad con la que una ola gigante se forma en el mar y alcanza la tierra para modificarla o terminar arrasándola. Ella, mi madre, era la tierra asolada por la fuerza del agua que nos arrastró a todos. Nos arrastró hasta el silencio.

Yo estaba en Londres. Recuerdo perfectamente la llamada de mi padre:

—No hemos querido preocuparte estas últimas semanas, pero tu madre ha empeorado. Sé que no hace falta que te lo diga, pero vuelve todo lo rápido que puedas.

Cuando llegué a Madrid, mi madre ya era silencio. Estaba en una de las camas del mismo hospital donde, años después, ingresaron a mi padre. Mi memoria, por alguna extraña razón, tal vez próxima a la supervivencia, decidió desterrar de mi recuerdo el pasillo, la planta y hasta el número de habitación.

Pedí que me dejaran solo con ella durante unos minutos. Y lo hice porque lo que iba a decirle no quería que lo escuchase nadie más. Pero eso no lo dije en alto. Solo pedí que se marcharan todos. El médico aceptó mi petición e invitó a las enfermeras y a mi padre a salir de allí.

Ni siquiera sabía si mi madre era capaz de oírme, si podría hacer algún gesto que me indicase que estaba allí, en algún lugar de aquella habitación, escuchándome, atenta a las que fueron mis últimas palabras con ella. Para ella.

—Mamá, si puedes oírme...

Y le pedí perdón. Fue lo primero que hice. Perdón por no poder hacer nada, por ser ella la protagonista de esa escena en la que me había imaginado a mí mismo en muchas ocasiones. En realidad, he sido siempre un cobarde. Eso se lo dije también. Cobarde por pedir que fuera la muerte la que me eligiese a mí, como le estaba ocurriendo a mi madre, y por no ir yo de frente hacia ella. Nunca fui valiente. No fui valiente para hacerlo. Ni siquiera para eso, para lo que no necesitaba a nadie.

Mi madre era silencio.

Fue silencio casi desde que nací. Lo comprendí más tarde. No quería que nadie descubriese sus defectos como madre, si es que los tenía, ni sus miedos, si es que alguna vez su vulnerabilidad los dejó al descubierto. Con los años llegué a la conclusión de que sentía miedo de mí. O por mí. Y se lo dije. «Más que miedo de mí, tenías miedo a que los demás me tuvieran miedo, me rechazaran, me apartaran. Quizá temías que yo lo tuviese. ¿Tenías miedo de eso, mamá? ¿Cuándo te diste cuenta?». Se lo pregunté varias veces. «¿Tenías miedo de que yo tuviese miedo? Pues sí. Lo tuve. Y lo tengo. Lo tengo. ¿Sabes qué? Lo sigo teniendo».

Se lo dije en voz baja. «Tuve miedo, mamá. Y lo tengo. Y sé que tú lo tuviste también. ¿Por qué no me lo confesaste?», le pregunté. Pero nunca lo hizo porque mi madre era silencio. Y yo fui silencio con ella. Y ese silencio que compartíamos acabó por enquistarse dentro de cada uno de nosotros como una astilla de madera que termina formando parte de la piel infectada y, más tarde, del cuerpo. «El miedo fue tu astilla. ¿Por qué nunca quisiste sacártela, mamá? ¿Acaso fuiste incapaz de hacerlo? ¿Por qué, mamá? ¿Por qué? Por la misma razón que yo tampoco lo hice, ¿verdad?». Le pregunté eso también, esta vez más cerca de su cara, que estaba a solo unos centímetros de la mía. Le hablaba casi al oído, como si de esa forma hubiese más posibilidades de que mi voz llegase a algún punto de su cuerpo aún no debilitado y mínimamente capacitado para comprender mi mensaje. «No te la sacaste porque no quisieras, sino porque no fuiste capaz. Por el miedo. Y el miedo es silencio. Y tú eras silencio», le dije.

—Mamá, estoy seguro de que puedes oírme...

Y se lo conté. Me sentí cobarde por creerme valiente al hacerlo en ese momento y de aquella manera. Pero lo hice, a pesar de saber que ya era tarde. Le dije, allí mismo, con medio cuerpo sobre su cama para estar lo más cerca posible de ella, que se lo contaría también a mi padre, que no repetiría nuestro error, nuestro silencio, que se lo explicaría todo antes de que la astilla, si es que ya se le había clavado, le llegase al corazón, «como te ocurrió a ti, mamá». Me acerqué más a ella y coloqué mi cabeza sobre su pecho. «¿Sabes qué? Me habría gustado saber de qué hablabais cuando estabais solos, papá y tú», le dije. «Cuando, por las noches, desaparecíais tras la puerta de vuestra habitación en casa. ¿Alguna vez hablaste con papá de tus miedos?», le pregunté. «¿Le hablaste de mí? ¿Y él? ¿Te habló de mí, mamá? ¿Papá lo sabe?». Nunca lo supe por ella, porque mi madre era silencio. Por eso le prometí, en aquella cama de aquella habitación de aquel hospital, el mismo hospital, que se lo contaría también a mi padre.

Esa misma noche, después de abandonar el hospital, acompañé a mi padre hasta su casa. Me dijo que no era necesario que me quedase a dormir, así que fui caminando hasta mi piso y allí, un día antes del entierro de mi madre, fue cuando comencé a escribir el manuscrito que terminé enviando al concurso.

Mi madre era silencio.

Y yo, de alguna manera, también lo soy.

Durante mucho tiempo me obsesioné con la idea de que la escritura era la única forma de conseguir una voz propia, eso que llaman el estilo de cada escritor. Los profesores de la escuela de escritura me decían que se adquiere con el tiempo y después de muchas guerras perdidas. Quizá tenga que ver con narrar desde el dolor, desde aquello que nos conmueve, nos aterra, nos revuelve, nos confunde, y tal vez se alcance al intentar entender una realidad de la que queremos huir.

Creo haber luchado en mil frentes literarios, pero aún siguen siendo insuficientes para saber si he encontrado mi voz. Puede que diese con ella cuando la de mi madre se apagó para siempre. Ni siquiera supe si había sido capaz de eso después de enviar el manuscrito y saber que estaba entre los finalistas del premio, y que, de ganar y publicarse, cualquiera, incluido mi padre, podría leer el libro y descubrir todo aquello que le había confesado, tarde y mal, a mi madre cuando estaba a punto de morir.

Y allí estábamos los dos, mi padre y yo, de pie en la habitación, junto a la ventana, con su cuerpo tembloroso contra el mío.

Quise contarle todo en ese mismo momento, mientras lo abrazaba, sin tener que esperar a una nueva ocasión que quizá nunca llegaría, pero, una vez más, el silencio me tragó como la tierra se traga a los muertos.

Si mis padres estuvieran muertos, todo sería más fácil.

Esa idea me torturaba en los peores momentos.

Mi padre se acostó en su cama y cerró los ojos. No los abrió en toda la noche, pero fui incapaz de saber si en realidad llegó a quedarse dormido o fingió estarlo.

Y así llegó el lunes.

Fue un lunes cuando, semanas después de aquella primera cita inesperada y a solas con Tom en Londres, Claire se enteró de nuestra «aventura». Esa fue la palabra exacta que él utilizó para definir el tiempo y lo que vivimos juntos entre nuestro primer encuentro en su casa y las semanas posteriores hasta que todo se descubrió por culpa de una fotografía.

—Puedes contarme la verdad. ¿Acaso crees que me sorprende? La cabeza de Tom es transparente para los secretos. Me lo confesó en cuanto le enseñé esto.

Claire lanzó un periódico sobre mi mesa. Era una de esas publicaciones británicas sensacionalistas que se dedican a destripar la intimidad de los famosos.

—Fíjate bien. Ahí, detrás de ella. —Puso su dedo índice al lado de la joven que aparecía en primer plano a punto de coger un taxi. Dijo su nombre. Era una actriz desconocida para mí y de la que no había oído hablar hasta ese momento—. ¿No los reconoces?

No me lo podía creer. Éramos nosotros, Tom y yo, cogidos de la mano, justo antes de entrar en su apartamento. Me sentí como si me hubieran despojado de la ropa en mitad de una plaza llena de gente.

Esa misma noche fui a casa de Tom. Había arrancado la hoja del periódico antes de salir del museo. Era una publicación absurda a la que nadie dedica más de cinco minutos de atención durante un viaje en metro, pero para mí era como si alguien me hubiese asaltado a punta de navaja para sacarme hasta los últimos peniques de intimidad.

—¿Crees que alguien va a pararse a mirar quiénes son esos dos que aparecen detrás? —Tom soltó una carcajada después de mencionar también el nombre de la actriz—. Esto es Londres. Tranquilo. Nadie va a enterarse de nada.

Me dejó solo en el sofá y desapareció por la puerta del salón.

—Y, además... —sonó su voz en la cocina—, ¿qué más te da lo que piensen? ¡Diviértete, hombre! ¿Es necesario darle tantas vueltas a todo?

—Cuando hablamos de que no se lo contaríamos a nadie, jamás pensé que podría tener tanta mala suerte —le dije.

Volvió al salón con una taza en cada mano y cerró la puerta con el pie.

—¿Té?

Él lo tomaba siempre hirviendo, aunque la ciudad se estuviese derritiendo al otro lado de la ventana.

—Podrías haberle puesto cualquier excusa a Claire.

—Íbamos de la mano, ¿qué excusa iba a ponerle?

—Bastaba con que le hubieses dicho que no pasó nada.

Sirvió té en las tazas y, sin esperar a que se atemperase un poco, se acercó la suya a la boca.

—¿Cuánto tiempo ha pasado desde que nos hicieron esta foto? ¿Tú crees que la gente es tonta y que no se da cuenta de las cosas? Quizá es eso lo que te gustaría que pasara, pero...

—Te lo pedí como un favor personal —le interrumpí.

—¿Y cuánto tiempo crees que iba a durar el secreto? —Pronunció esa última palabra separando las sílabas, como si quisiera mofarse de la situación.

—...

—Lo pasamos bien esa noche, ¿no? Y después, todo este tiempo hasta ahora, también. Fue una casualidad que estuviéramos justo en ese momento en la misma calle en la que *esa* —hizo referencia a la actriz, señalando la hoja arrancada del periódico sobre la que había puesto mi taza de té, aún sin probar— cogía un taxi y los *paparazzi* le hacían la foto. No le des más vueltas. Mira, piensa que así nunca se nos olvidará ese momento. —Se rio—. Es parte de esta aventura divertida.

Una aventura divertida.

Eso era lo que yo había sido para Tom.

Me levanté del sofá.

—¿Adónde vas?

Al coger la hoja del periódico, la taza se movió y el té, todavía caliente, se derramó por la mesa.

Me fui de su casa sin decir nada.

A primera hora del lunes, después de la dosis de medicación reglamentaria, mi padre se levantó de la cama y caminó descalzo hasta el baño.

—Voy a darme una ducha rápida antes de que llegue el médico. —Y desapareció tras la puerta.

Desde la habitación oí cómo abría el grifo y lo imaginé allí, solo, desnudo, con el agua cayendo sobre su cabeza y recorriéndole la piel reseca del cuerpo. Seguía siendo el mismo; era su cuerpo el que había cambiado, porque todos los cuerpos cambian, como cambian las ciudades o las familias. La nuestra lo había hecho hacía unos años, pero la vida se empeñó en seguir y no nos quedó más remedio que acostumbrarnos a la velocidad con la que los cuerpos se adaptan a ella. Solo una fotografía es capaz de mostrarnos ese paso del tiempo porque cuando uno piensa en una persona, la recuerda como la conoce en la actualidad. Mi padre era el hombre que estaba en el baño y que, poco antes, se había despertado en la cama de una habitación de hospital. Ya no era aquel que alguna vez fue a buscarme al colegio, ni el señor que desde el asiento delantero conducía el coche en el que íbamos al pueblo para pasar los domingos en casa de los abuelos. Era el hombre que, al otro lado de la puerta, trataba de desprenderse de la angustia con el agua de la ducha o que tal vez disimulaba alguna que otra lágrima con las gotas cayendo sobre su cara.

En los pasillos se oía el ir y venir de enfermeras y familiares. Pensé en las veces que mi padre se habría duchado en su casa desde que murió mi madre. La ducha es uno de los momentos de mayor intimidad, pero la vida entera de mi padre se había convertido en una intimidad impuesta y constante desde que ella, mi madre, dejó de utilizar el mismo baño que él, la misma cama que él o el mismo sofá que él. Y su cuerpo, el de mi padre, se había acostumbrado a esa nueva velocidad. O tal vez no, pero ya no era él quien manejaba el coche y decidía qué marcha poner. Su vida tenía otros planes.

—Oye, ¿qué pasó con las fotos que tenías que mandarle a tu amiga la francesa? —dijo nada más salir del baño.

Había olvidado por completo la petición de Hélène para las fichas de los finalistas. Quedaban pocos días para que se fallase el premio y tenía que salir del hospital para buscar un sitio donde hacerme alguna foto decente con la que dar una buena imagen al jurado.

—Puedes ir esta mañana, si lo necesitas.

—Esperaré a que pase el médico.

Llevábamos dos días sin ver a Ronca aparecer por la habitación. Hasta que entró con Muda.

—¿Cómo ha ido el fin de semana? —preguntó con esa voz tan familiar para nosotros.

—Este es el típico sitio que recomendaría a cualquiera de mis amigos para pasar un puente —contestó mi padre.

—Veo que todavía conserva usted el humor. Y mientras no le falle eso ni el apetito… todo bien.

—Pues hágame un favor —le pidió mi padre desde la cama—. Dígaselo usted misma al doctor y, ya de paso, convénzale para que me traiga el alta. Y le prometo que iré directo a comer al mejor restaurante de Madrid para que vea que sí, que mantengo el apetito tan intacto como las ganas de salir de aquí cuanto antes.

Disimulé mi risa tosiendo un par de veces.

—No tardará en venir a verle —contestó ella.

El médico apareció veinte minutos después. Tres arrugas le cruzaban la frente de lado a lado por encima de las cejas.

—¿Cómo se encuentra? —le preguntó a mi padre, que se limitó a levantar las dos manos, resignado, como cuando alguien es sorprendido en su escondite.

El médico siguió hablando, dirigiéndose tanto a mi padre como a mí de forma alterna.

—Tengo que serles franco. Los últimos análisis muestran que la infección sigue sin desaparecer. Todavía desconocemos el origen exacto, pero es probable que podamos dar con él gracias a los cultivos que hemos realizado. Pero… —guardó silencio mientras comprobaba algo entre sus papeles— para ello tendremos que esperar al menos otras cuarenta y ocho horas, lo que significa que debemos seguir también con el antibiótico intravenoso para mantener controlados los niveles de infección.

Yo miraba a mi padre —él evitaba hacerlo conmigo— y en ningún momento le vi cambiar el gesto de la cara.

Aunque lo hubiese intentado con todas sus fuerzas, en ese momento supe que había sido incapaz de quitarse la preocupación y la angustia por mucho que hubiese frotado su piel bajo la ducha.

Esperé hasta que mi padre terminó de comer para ir a casa, ducharme, comer algo yo también y, más tarde, salir en busca de algún estudio donde me hiciesen unas fotografías decentes que poder enviar a Hélène cuanto antes.

Lo hice todo en ese orden y terminé en el sótano de un edificio al lado de la plaza de Alonso Martínez. El estudio era amplio, con paredes blancas y techos altos. Allí abajo olía a flores recién cortadas; era un olor demasiado dulce, pero en realidad no llegaba a ser desagradable. El espacio, diáfano, estaba repleto de focos que alguien se había encargado de arrinconar en uno de los laterales. En el techo había varios raíles de los que colgaban telas rígidas de varios tonos de gris, como cartulinas gigantes. Aquel lugar parecía el set de rodaje de una película. Bajé hasta allí por orden de la encargada del negocio, una chica alta, muy delgada y cuyo pelo salpicado de mechas azules delataba su juventud.

—¿Tienes alguna idea de cómo te gustarían las fotos?

Me hizo la pregunta mientras descendía por la escalera

que había utilizado yo poco antes para bajar hasta allí. Llevaba una camiseta negra de tirantes muy finos. Me fijé en sus brazos nada más entrar por la puerta del estudio y volví a hacerlo en ese momento. Estaban repletos de tatuajes. Apenas quedaba un hueco sin tinta.

—Necesito tres o cuatro, no muchas más. Las preferiría de plano medio, de cintura para arriba, si es posible. —Coloqué las manos en paralelo y con las palmas abiertas, la una por encima de mi cabeza y la otra a la altura del ombligo.

Vi cómo me miraba la fotógrafa mientras trataba de explicarme y me sentí ridículo en aquella postura.

—Depende mucho de para qué las vayas a utilizar —me dijo.

Podría haberle contado la verdad, pero pensé que sonaría pretencioso decirle que, en caso de ganar un concurso literario, una de esas imágenes terminaría en algún lugar de un libro por encima de mi nombre y un currículum carente de interés. Así que rebajé la intensidad de mi discurso:

—Me las han pedido para un concurso literario.

Como si estuviera colocándose una medalla a sí misma, la fotógrafa se pasó la correa de la cámara sobre la cabeza y la dejó caer sobre los hombros.

—¿Eres escritor? —me preguntó sorprendida.

No supe responder a su pregunta. Técnicamente, si un escritor es esa persona que escribe de forma habitual, sí, lo soy, pero imagino que su pregunta iba más en el sentido de si era ese tipo persona que, además de escribir de forma habitual, tiene varios libros publicados. En ese caso, la respuesta era obvia.

—No. Bueno… —maticé—. Escribo, pero todavía no he publicado ningún libro.

—Mi chico también escribe.

La cámara daba pequeños golpes sobre su pecho mientras se acercaba hasta la mesa que tenía colocada contra una de las paredes. Había una pantalla de gran tamaño, varias revistas y multitud de papeles esparcidos por encima junto a una mochila abierta con objetivos. Cada uno de ellos tenía una pegatina de un color. Parecían botes de pintura preparados para hacer un grafiti.

—Juraría que los tenía por aquí. Hace poco los he utilizado para un proyecto.

Di por hecho que aquella era su mesa de trabajo. Revolvió los papeles hasta dar con dos libros.

—Aquí están. —Los levantó, uno en cada mano, y volvió hacia mí con ellos—. Uno lo publicó el año pasado —me lo acercó—, y este —hojeó con velocidad el que le quedaba— lo acaba de publicar hace un par de meses. Mira las fotos. ¿Te gustaría hacer algo así? —me preguntó mientras me daba los dos libros.

Abrí la cubierta de uno y vi que la imagen ocupaba un tercio de la solapa, en la parte superior. Era una fotografía en blanco y negro, un plano más bien corto de la cara del joven cuya sonrisa dejaba al descubierto un aro metálico por encima de los dientes. La fotografía del otro, un plano más abierto, por encima de la cintura, mostraba al chico con vaqueros y camiseta de manga corta con un estampado multicolor delante de un fondo gris neutro que me recordó al mármol con el que estaban esculpidas algunas de las esculturas de la sala de réplicas del Victoria and Albert de Londres.

Aquellas dos fotografías habían quedado impresas allí para siempre, como los tatuajes en los brazos de quien las había hecho, orgullosa de su trabajo y del de su novio.

La sesión duró unos quince minutos. La música de Lauren Daigle reverberaba por todo el sótano y cada vez que la chica apretaba el disparador, notaba en mi cara el calor de los flashes que había colocado delante de mí. Eran como fogonazos de vergüenza, como si un calor fruto del ridículo por estar allí haciéndome aquellas fotos se me subiera de repente a la cabeza, pero solo duraba unas milésimas de segundo. Con cada disparo, pensaba en mi madre; la recordaba persiguiéndome por todas partes con su cámara para hacerme fotos.

El resultado de aquella sesión iba a ser, en cierto modo, mi primer tatuaje. Si la editorial de Hélène decidía utilizar alguna vez una de aquellas fotografías para tatuarla en el interior de la cubierta de un libro, debía ser lo más fiel posible a mi personalidad, pero ¿cómo llega uno a mostrarse tal como es ante los ojos de un desconocido? Una vez más, pensé que la imagen que enviase a Hélène no iba a ser más que una impostura, una realidad fingida, el reflejo de alguien que no se muestra tal como es.

—Han quedado genial —me dijo la fotógrafa cuando la canción *Look Up Child* dejó de sonar—. No sé si te corre mucha prisa, pero podría tenerlas para mañana, si te parece bien.

—Claro. Te lo agradezco.

—Espero que te den mucha suerte.

Nada más salir del estudio, decidí que no enviaría ninguna de aquellas fotografías. En los archivos de mi ordenador debía de haber alguna imagen que contase algo de mí, aunque no fuese reciente. Tenía que volver al hospital para buscarla.

En cuanto subí a uno de los ascensores del hospital entendí que no había sido la decisión más acertada. Se detenía en todas las plantas para que entrase o saliese gente que se movía por el edificio como ovejas descarriadas. En los hospitales, como en las cárceles, las personas vagan sin rumbo.

Cuando entré en la habitación, mi padre estaba leyendo un libro junto a la ventana. Había colocado allí la silla que utilizaba para comer. Me preguntó por la sesión de fotos y le expliqué que, a pesar de que todo había salido bien, no estaba seguro de si enviaría alguna de aquellas imágenes a Hélène y que se me había ocurrido buscar en el ordenador alguna que pudiese servir.

Cuando me acerqué hasta la mesa que utilizaba de escritorio para encender el portátil, vi que encima de él había un sobre.

—¡Ay, perdona! —dijo mi padre al ver que me quedaba mirándolo—. Lo ha traído tu amigo, que pasó a despedirse.

Supe que hablaba de Tom. No podía ser otra persona. Aun así, le pregunté que a quién se refería.

—El chico del que me hablaste, el del accidente con el autobús, tu amigo de Londres —dijo mirando al libro, como si siguiera leyendo—. Quería despedirse antes de marcharse.

Sentí que el techo se me caía literalmente encima. Yo mismo le había contado a mi padre que Tom recibió el alta antes de que eso pasara en realidad. En ese momento supe que él era consciente de mi mentira. De esa y puede que de muchas otras, aunque yo no lo hubiese querido aceptar nunca. Nos acostumbramos a que lo habitual entre nosotros era permanecer callados, como ocurría con mi madre, no decirnos las cosas, que el tiempo pasara y que todo volviese a su sitio, si es que todo tenía un sitio al que volver. Pero resulta que yo me estaba quedando sin tiempo; y él, también.

—Me ha dicho que le habría gustado poder esperar a que llegaras, pero se le hacía tarde —siguió hablando mi padre.

Había levantado la cabeza del libro y miraba por la ventana.

—Me ha contado que está trabajando estos días en el museo del Prado. Me ha dejado ese sobre para ti.

No me atreví a preguntarle de qué habían hablado o cuánto tiempo habían estado juntos en la habitación, así que me limité a coger el sobre sin decir nada. No hizo falta despegar la parte de atrás para abrirlo porque Tom solo la había metido por dentro del papel. Era una postal. En la cara principal, una fotografía en blanco y negro de una enfermera cuidando a un paciente. Me recordó a esas imágenes retro que muestran amas de casa estadounidenses de los años cincuenta aparentemente felices con su obligación impuesta de permanecer en casa al cuidado de los hijos y el marido. En la parte inferior de la imagen, una frase: «Recupérate pronto». Dentro, Tom había metido un pósit con un mensaje escrito por él mismo: «Espero que tu padre se mejore. Me gustaría poder despedirme de ti antes de volver a Londres». Era una de esas postales que se vendían en el pequeño quiosco que regentaba un señor mayor dentro de la cafetería del hospital. Además de periódicos, revistas, cuadernos de pasatiempos y sudokus, uno podía encontrar una sección de postales de época como esa que Tom había dejado antes de marcharse.

¿Había abierto mi padre la postal para leerla? Seguía con la vista puesta más allá de la ventana, con el libro abierto entre sus piernas. En ese momento podría haberse girado y haberme preguntado algo sobre Tom, o quizá yo podría haber aprovechado la ocasión y haberle contado la verdad, pero ¿qué era contarle la verdad? Si me acababa de pillar en un renuncio, podría saber ya toda *esa* verdad. Podría haber utilizado la postal de Tom para contarle que, casualmente, en el libro, ese que podría llegar a publicarse en unas semanas, había escrito un capítulo que trataba sobre otra postal; una carta dirigida única y exclusivamente a mí.

Cuando comprobé que nadie me miraba, rasgué el sobre por la mitad y lo arrojé a una papelera sin parar de caminar.

Nunca supe quién escribió aquello, ni con qué propósito me lo envió.

Durante los días previos a las vacaciones de Navidad, en el instituto donde estudié la secundaria y el bachillerato solían colocar un buzón de cartón en el vestíbulo. Simulaba un edificio antiguo con ventanas hechas a base de recortes de cartulina y un tejado a dos aguas bajo el que había una pequeña rendija por donde introducir los sobres. Todo aquel que desease participar podía escribir tantas postales como quisiera y meterlas allí. Tan solo era necesario indicar el nombre y el curso del destinatario en un sobre cerrado.

Fue la profesora de inglés quien repartió algunas de ellas antes de su clase. Recibí tres aquel día. Una, sin remitente. En un primer momento no me sorprendió ya que muchos elegían esa fórmula que, más que la discreción, rozaba lo absurdo porque, una vez leídas, sabíamos perfectamente quién era el autor de aquellas palabras, aunque no existiese firma alguna bajo la felicitación. Conocíamos, como si fuésemos grafólogos, la letra de cada uno de nuestros compañeros. Todas menos aquella.

Eran letras mayúsculas, lo que complicaba la tarea. En tinta verde, alguien había escrito tres frases breves:

ME GUSTARÍA CONOCERTE MÁS.
NO DIRÉ NADA. SOY COMO TÚ.

Ni siquiera levanté la vista de la mesa después de leer aquello. Supuse que, tal vez, quien lo hubiese escrito estaría atento a mi reacción. Por eso traté de controlar cualquier gesto espontáneo de mi cuerpo y me limité a doblar la postal por la mitad, tal como la había sacado del sobre. El dibujo, una ilustración de varios pastores en mitad del campo, tampoco me daba pista alguna.

No hablé con nadie al terminar la clase, ni al salir del instituto. Mis pies parecían moverse solos, como si quisieran huir de la escena del crimen y despistar a quien ha descubierto unas huellas sospechosas.

El sobre parecía quemar cuando metí la mano en la mochila para dar con él entre los libros. Podría haber vuelto a leer aquel mensaje, pero opté por romperlo y tirarlo a la papelera. Y, al llegar a casa, mostré orgulloso a mis padres las postales que dos de mis compañeras de clase habían metido para mí en aquel edificio de cartón a la entrada del instituto.

Los días siguientes, cuando pasaba por la papelera en la

que había tirado la postal, me dio por pensar que alguien podría haberla encontrado y habría visto en aquel sobre mi nombre e incluso mi curso, escritos en la misma tinta verde del mensaje de tres frases.

De forma disimulada, trataba de buscar algún signo de condena, de descubrimiento o de castigo en las miradas de la gente con la que me cruzaba.

Todavía me pregunto si aquella persona alguna vez llegó a saber que nunca supe quién era. Quizá ahora, al leer esto, se dé cuenta de ello.

Pero no. Nunca supe quién lo hizo.

Y ahora me arrepiento porque pienso que tal vez pude ayudarle. No sé cómo, pero entonces lo veía imposible porque era yo el náufrago a la deriva que necesitaba ser rescatado.

No era una fotografía actual. Tenía ya unos cuantos años, pero, aun así, decidí enviársela a Hélène. No quise dejar pasar más tiempo ni esperar a las que me envió poco después por correo electrónico la chica de pelo azul y piel tatuada.

Fue una amiga de Claire quien me la hizo en Hyde Park un domingo de abril en el que llovía ceniza sobre Londres. Un volcán situado bajo el glaciar Eyjafjalla, al sur de Islandia, tenía la culpa de aquella oscuridad. Su inesperada erupción puso en jaque a media Europa porque el polvo que había generado era muy peligroso, o eso contaron radios, televisiones y periódicos durante días. Las partículas de roca, cristal y arena de aquella nube inmensa que planeaba sobre el continente eran letales para los aviones. Esa mezcla tan temida como una célula yihadista podía afectar a las turbinas y paralizar los motores. Como ningún país estaba dispuesto a correr ese riesgo, los aeropuertos de media Europa se colapsaron durante varias semanas.

Eyjafjalla obligó a cancelar en tres ocasiones el vuelo en

el que dos amigas de Claire regresaban a París. Habían viajado a Londres para pasar con ella unos días en su casa, pero la nube de ceniza retrasó su vuelta a Francia. Claire me invitó a pasar el día con las tres.

Saqué mi teléfono móvil del bolsillo y fingí que alguien me llamaba la primera vez que vi besarse a Nicole y a Louise en Trafalgar Square. Me separé un poco del grupo, como si quisiera desentenderme de lo que estaba pasando en mitad de la plaza, como si no conociese a ninguna de aquellas tres chicas con las que acababa de llegar allí paseando. Claire no me había contado que llevaban juntas varios años y que compartían piso en el barrio Latino de París. Mientras simulaba una conversación con el teléfono pegado a la oreja, las observé desde la distancia. Las tres se reían como nunca había visto reírse a alguien. Después, Claire sacó su réflex del bolso para hacerles fotos. La forma en que giraba el objetivo le daba un aire muy profesional. Se alejaba un poco de ellas para disparar varias veces y luego volvía a acercarse, ponía la cámara de lado para hacerles fotos en vertical mientras seguía regulando el objetivo y les gritaba frases antes de cada disparo: «¡Miraos entre vosotras, como si yo no estuviera!», «¡Sonreíd un poco más!», «¡Así, así!», «A ver... ¡una más!».

Me sentí ridículo por seguir alargando aquella pantomima, así que volví junto a ellas.

—Te estábamos esperando para hacernos una foto los cuatro.

Me lo dijo Nicole, con una gran sonrisa. Era rubia como un campo de trigo y sus ojos eran de un color entre naranja y gris, como si el volcán islandés hubiese entrado en erupción en ellos. Me resultaba imposible no mirarle la mejilla derecha cada vez que me hablaba. Tenía tres lunares colocados uno debajo del otro formando una diagonal perfecta que me recordaba a una de las caras de un dado.

Hablábamos entre nosotros en una mezcla de francés e inglés. A veces se esforzaban por introducir en la conversación alguna de las palabras en español que habían aprendido durante sus visitas a Madrid y Barcelona. «*Tu es très* guapo, *mon ami!*», «*Il n'y a pas de doute! La cámara t'aime* mucho!*». Aunque sin pretenderlo, los labios de Nicole, carnosos, brillantes y de un tono rosa suave, se movían de forma sensual cada vez que mezclaba idiomas. Y yo no podía dejar de perderme en ellos; era imposible no mirarlos. Sabía de sobra que no era atracción sexual lo que sentía. Algo me arrastraba con tanta fuerza hacia ella como la Tierra atrae a los cuerpos, a pesar de que entre mi personalidad y la suya había la misma distancia que hay entre Londres e Islandia.

Paseamos hasta Covent Garden, donde paramos a comer, y después fuimos caminando despacio hasta Hyde Park. Todo el trayecto, de casi una hora, lo pasé hablando con Nicole sobre los museos que nos gustaban de París, Londres, Nueva York y Madrid. También tuvimos tiempo para charlar de literatura y música. Tocaba el piano desde niña y me confesó que intentó aprender a tocar la guitarra española cuando vio por primera vez a Paco de Lucía en vídeos de YouTube. Nos reconocimos en varios libros que a los dos nos habían marcado por razones similares. Me habló de la sensación que tuvo tras terminar de leer *Tokio Blues*, de Haruki Murakami, y pensé que se había metido en mi cabeza de adolescente para sacar aquellas palabras que podría haber dicho yo sin cambiar ni una sola coma. Dije en alto la primera frase del libro. Ella la repitió en francés y soltamos una carcajada conjunta.

—Están encantados de haberse conocido —escuché decir a Claire, que hablaba con Louise, justo detrás de nosotros.

Realmente lo estaba. Era como si conociese a Nicole desde hacía años. No me hizo falta contarle en detalle nada sobre mi vida para tener la sensación de que ella había decidido bucear en apnea hasta lo más profundo de mí. Nunca la había visto, pero me sobró tiempo para saber que era una de esas personas que, por alguna razón, aparecen en la vida de uno en un momento concreto, hacen germinar no sé qué dentro de ti y luego se van, como la nube gris que las obligó a quedarse unos cuantos días más con nosotros, desapareciendo como lo hicieron por fin las cenizas del volcán.

Eyjafjalla.

Me vino a la cabeza el extraño nombre del glaciar donde todo había comenzado cuando llegamos a la entrada de Hyde Park junto al Marble Arch y Nicole se puso a cantar *Hallelujah*, la canción de Jeff Buckley. Su voz era tan suave como sus labios. La adoraba como a una diosa. Ella era mi glaciar, mi volcán; era mi *Hallelujah*.

Nada más pisar el césped, me dijo que quería hacerse una foto conmigo para recordar aquel paseo cuando volviese a París. Le pidió a Claire que nos la hiciera con su réflex y, cuando terminó, se la quitó de las manos y me dijo que posara para ella.

—*Je ne sais pas comment faire ça bien* —le dije con mi acento francés un poco áspero por la falta de práctica.

—*Tu dois juste être toi-même!*

Solo tenía que ser yo mismo, gritó. Como si hacerlo fuese lo más sencillo del mundo. Lo único que yo quería ser era tan libre como ella.

Me miró a través del objetivo y me limité a devolverle la mirada.

Y disparó.

Louise y Nicole se marcharon al día siguiente, un lunes de abril en el que el cielo de Londres volvía a estar completamente azul, sin rastro de la nube de cenizas que había hecho que el tiempo se parara de alguna manera. Nuestros cuerpos, el de Nicole y el mío, habían coincidido en una especie de parón espaciotemporal. Y todo por culpa de un glaciar de nombre impronunciable cuyo volcán había entrado en erupción, exactamente igual que lo había hecho Nicole conmigo.

Además de su recuerdo, conservé su correo electrónico. Mantuvimos el contacto durante los meses siguientes. Prometí incluso visitarla en París, pero a veces las promesas no son más que cenizas que pueden llegar a colarse entre las turbinas de los motores de un avión.

Dejé la postal de Tom a un lado y encendí el ordenador. Mi padre seguía leyendo junto a la ventana. El silencio entre nosotros crecía como gelatina que se solidifica poco a poco hasta cubrir por completo todos los rincones de la habitación.

En cuanto envié la fotografía a Hélène, intenté recuperar la dirección de Nicole entre los correos electrónicos antiguos.

La encontré nada más poner su nombre en el buscador: norwegianwood@hotmail.com.

Recuerdo cómo nos reímos cuando me pasó la hoja arrancada de un cuaderno con aquella dirección escrita en bolígrafo rojo. «*Murakami would be proud of me*», me dijo.

Sin saber si seguiría utilizando aquella cuenta de correo, ya que, en mi caso, mi relación escritor-lector con Murakami no sobrevivió a mis meses en Londres, la copié en un nuevo mensaje, puse «*Salut!*» como asunto y, después de escribir varias líneas saludándola y contándole cómo iba todo por Madrid, adjunté dos archivos: la foto que nos hizo Claire en Hyde Park y el manuscrito de mi novela.

—Papá... —dije nada más bajar la tapa del ordenador.

Mi padre levantó la cabeza.

—Me gustaría que leyeses algo.

—Claro.

—¿Recuerdas que hace unos días me preguntaste de qué iba lo que había enviado al concurso?

—Sigo esperando.

—¿Te parece bien si mañana salgo y hago unas copias para que puedas leerlo con calma?

Movió la cabeza de modo afirmativo varias veces.

Todavía me sigo preguntando si Nicole tuvo algo que ver con aquella reacción. Por su culpa, o tal vez gracias a ella, había encontrado el modo de acercarme a mi padre, de cumplir la promesa que le hice a mi madre.

No había vuelta atrás. El volcán había estallado de nuevo sin saber adónde irían a parar las cenizas ni cuáles serían sus consecuencias.

Pensándolo bien, todos somos glaciares. Bajo una capa maciza de hielo algunos ocultan su propio volcán a punto de entrar en erupción; otros, sin embargo, solo se deslizan lentamente montaña abajo y, en algunos casos, se quiebran sin erupción posible porque, o bien no hay volcán, o bien su actividad está interrumpida. Yo siempre he debido de estar entre los segundos. Es como si algo se rasgase en nuestro interior y nos dividiera entre la razón y el miedo, que es la parte que siempre ocupa más superficie.

Me pregunto si el miedo se hereda.

Sigo sin saber dónde estará esa grieta que un día se resquebrajó dentro de mí e hizo que la parte helada del miedo empezara a deslizarse y acabara cubriéndome por completo como si yo fuese la montaña.

Ronca entró en la habitación para ponerle la última dosis diaria de antibiótico a mi padre, que había vuelto a tumbarse en la cama después de leer. Por primera vez, ninguno de los dos inició una conversación. Mi padre ni siquiera contestó al «hola» de la enfermera al acercarse a su cama y ella se limitó a sonreír mientras llevaba a cabo su trabajo.

Notaba el cansancio de mi padre como si fuese el mío. Los días en el hospital pesaban como camiones cargados de arena y no poder salir de allí comenzaba a pasarle factura. A veces tenía la sensación de que le costaba respirar, como si hiciese un esfuerzo mayor del necesario para llenar de oxígeno sus pulmones. Me causaba bastante impresión ver cómo el pelo de la barba, que durante años mantuvo a raya afeitándose a diario, era cada vez más visible. Le marcaba los huesos de la cara y parecía como si de un día para otro le hubiesen caído encima diez años de golpe.

Durante las noches, las luces del pasillo permanecían encendidas. Se veía una línea fina y brillante por debajo de la puerta. Dentro, en la habitación, nunca llegábamos a estar a oscuras del todo porque mi padre solía dejar la persiana un poco levantada para que entrase el aire. Decía que era mucho más agradable despertarse con la luz natural al amanecer.

En medio de esa semioscuridad, después de varias horas en silencio, le pregunté si estaba despierto. «Sí, sí», me contestó. Lo hizo en voz baja. A veces, cuando hablábamos entre nosotros, especialmente por la noche, lo hacíamos casi en susurros, como si fuéramos a molestar a alguien, a pesar de que ya no había nadie en la habitación después de que a su último compañero de cuarto lo sacaran de allí sin vida.

—¿Oyes eso? —le pregunté—. A alguien le ha dado por el flamenco.

—Debe de ser la radio o la televisión, ¿no?

—No creo que a nadie se le ocurra ponerse a tocar la guitarra aquí en mitad de la noche.

—Cosas más raras se han visto.

Lo miré desde la butaca reclinable que los acompañantes utilizábamos para dormir. Tenía su cama ligeramente levantada en la parte superior, donde había colocado dos almohadas sobre las que apoyaba la cabeza. Aunque aseguró estar despierto, tenía los ojos cerrados y su pecho aumentaba de tamaño con cada respiración, que seguía siendo irregular. Siguió así, sin abrirlos, cuando me preguntó si aún la conservaba.

Se refería a la guitarra que me regalaron, mi madre y él, pocos días después de empezar mis clases con una chica joven que estudiaba música en el conservatorio. Solía ir a su casa dos veces por semana.

—Dejaste las clases de un día para otro.

Hubo un silencio breve, como si alguien hubiese entrado en la habitación y no quisiéramos que nos escuchara.

—¿Cómo se rompió?

De forma instintiva, me toqué la nariz.

—Cosas de críos, ya sabes.

Fui incapaz de dar con una respuesta más original. Notaba los tímpanos a punto de estallar, como si el corazón se me hubiese desplazado hasta la cabeza.

—Ellos no eran tan críos.

Fue en ese momento de la conversación cuando mi padre abrió los ojos, pero no movió la cabeza hacia mí.

—Fueron ellos los que te partieron la nariz, ¿verdad?

A continuación, susurró algo que no llegué a entender porque los latidos, que parecían tambores de guerra en mis oídos, me impedían concentrarme en sus palabras. Imaginaba mis manos tocándome de nuevo la nariz, pero estaban inmóviles, pegadas a la piel sintética de la butaca.

—Me caí —respondí como por inercia.

—Te tiraron.

De pronto, nuestra conversación se había convertido en un pulso. Y me dejé ganar cuando me pidió que le contara qué había ocurrido aquella tarde.

—Salí rápido de casa porque no quería llegar tarde a clase.

Me pregunto si la puntualidad se hereda.

—Iba por la plaza, un poco antes de la iglesia, cuando oí que alguien gritaba. Intenté pasar de largo, pero dos personas salieron de entre los coches que estaban aparcados.

—¿Ya te habían molestado antes?

—Los había oído otras veces al pasar por allí.

Era como si mi padre quisiera abrir en mí las compuertas de una presa que llevaba años negándome a liberar, por más que el agua estuviera a punto de saltar por encima. Yo no sabía cómo seguir hablando de aquello. Fue él quien lo hizo:

—Y te partieron la nariz.

—Primero uno de ellos me dio un puñetazo en un hombro y me tiró al suelo.

—Llevabas la guitarra a la espalda, claro.

—Sí. Me caí sobre ella. Y cuando iba a levantarme...

—Te partieron la nariz —acabó él por mí.

—Fue el otro. Me dio una patada en la cara. Intenté apartarme, pero no lo hice a tiempo y me dio en la nariz, sí.

Mi padre no dijo nada. Hubo varios segundos de silencio en los que pensé que hasta él llegaría a oír cómo me zumbaba el corazón en los oídos. Intenté relajarme quitándole importancia a la situación.

—Tendríais que haberme apuntado también a kárate.

Mi padre seguía escuchándome en silencio. Se movió de lado con gran esfuerzo para coger la botella que tenía en la mesilla junto a la cama y bebió un poco de agua. Todos sus movimientos eran lentos y algo torpes. Enroscó el tapón, pero no volvió a colocar la botella en su sitio, eso le suponía un gran esfuerzo, así que la dejó sobre la cama, junto a sus piernas, desnudas y frágiles como tubos de ensayo, que sobresalían de la tela del pijama, una especie de camisón blanco con cruces azul celeste.

Fue una mujer que vivía cerca de la iglesia del barrio la que oyó los gritos y la que me llevó al hospital. De camino, pacté con ella que a mis padres les contaríamos una versión reducida de lo que había ocurrido aquella tarde. Quería evitar preocupaciones innecesarias, le dije. Pero unos meses más tarde supe por mi madre que había coincidido con aquella mujer en el supermercado y que hablaron sobre todo lo ocurrido. Entendí entonces, por lo que me contó mientras pasábamos una tarde cerca de aquella iglesia, que hay pactos y promesas que nunca se cumplen.

Cuando abandonamos el hospital y volví a casa con mis padres, coloqué la guitarra encima del armario de mi habitación, contra la pared. Unos días después, les conté que la profesora se había marchado a estudiar fuera de Madrid y que había decidido dejar las clases. Podrían haberse cruzado con ella por cualquier calle y constatar que había mentido. Sin embargo, nunca se volvió a hablar de aquello en casa. Cuando me fui a vivir solo, una de las primeras cosas que me llevé de casa fue la guitarra. Aproveché para hacerlo un fin de semana que habían salido de viaje.

—¿Sigue rota?

—Sí.

Mi padre miraba fijamente al techo, como si allí arriba se estuviera proyectando la imagen de la habitación de la que salía aquella melodía de flamenco.

—¿Y qué has hecho con ella?

—Nada. Sigue allí, en casa.

—Podrías traerla. —Me miró—. Y podríamos arreglarla aquí. —Levantó a la vez las dos manos—. Tampoco tenemos mucho más que hacer, ¿no?

Esa noche no dormí nada. Tampoco sé si mi padre fue capaz de hacerlo.

No eran aún ni las siete de la mañana cuando pulsé el botón del ascensor del pasillo para bajar a por un café. Pensaba subir de nuevo para desayunar con él en la habitación antes de salir a la calle para imprimir el manuscrito. Sin embargo, terminé en las escaleras de la entrada del hospital, junto a unos árboles. Daba igual la hora que fuese, allí siempre había movimiento: gente entrando y saliendo, las ambulancias, a veces con las sirenas encendidas, desaparecían por la calle lateral para entrar directamente por Urgencias, las conversaciones de algunos celadores, que solían ir de dos en dos, se mezclaban con las de quienes habían salido, como yo, tal vez a renovar el aire de los pulmones o puede que para autoconvencerse de que lo que ocurría al otro lado de las puertas podría resolverse de manera positiva, o al menos no tan negativa. Es fácil perder la noción del tiempo en un sitio como ese, donde todo avanza, aunque, en realidad, esté de alguna manera detenido.

Estaba perdido en algún punto de esa mañana de hospital cuando un coche paró junto a la acera, en el espacio reservado para el autobús. Era de color azul, pequeño, y del tubo de escape salía un humo intermitente y blanquecino, como si le costara respirar en mitad de una dehesa cubierta por la niebla. Las luces de emergencia, que rebotaban en mis ojos, me hicieron salir del ensimismamiento. Cuando el copiloto abrió la puerta enseguida la reconocí. Era Ronca que, imaginé, habría cambiado su turno, porque había sido ella la que la noche anterior le había puesto la última dosis de antibiótico a mi padre. Cerró la puerta despacio y con pequeños pasos, casi de puntillas, se acercó a la parte de atrás para abrir el maletero, de donde sacó una pequeña bolsa gris que se colgó al hombro mientras volvía a cerrarlo con suavidad. Movió la mano despidiéndose hacia la luna trasera del coche, y entonces me fijé en que quien conducía era otra mujer. Ronca no había dado ni tres pasos cuando la conductora bajó la ventanilla y la llamó.

—¡Mar! —gritó.

Ronca se dio la vuelta y tanto ella como yo vimos cómo la conductora sostenía un teléfono. Podría haberse acercado y cogerlo por el hueco, pero optó por abrir la puerta e introducir medio cuerpo en el coche.

No había sido consciente hasta ese momento de que el sol ya incidía en las escaleras del hospital, pero era tan pronto que apenas calentaba. Aun así, lo sentí en la cara, reconfortante. Todo ocurrió muy rápido: Ronca abrió la puerta, acercó su mano al teléfono hasta cogerlo, se inclinó hacia la persona que conducía y la besó. Un beso fugaz, de agradecimiento.

Su nombre, pronunciado por aquella otra mujer, seguía resonando en mi cabeza.

No recuerdo mucho más, ni siquiera si Ronca me saludó al pasar por mi lado antes de entrar en el hospital. Me había quedado en aquel instante, el del beso, tierno, en el que Ronca parecía haber rejuvenecido hasta convertirse en una adolescente, y yo como si de repente volviese a los cinco o seis años y descubriera el mar por primera vez.

El café se había enfriado, así que volví a la cafetería a por otro antes de subir a la habitación para tomarlo con mi padre y sacar del ordenador el archivo del manuscrito. Quería entregárselo antes de que pasara más tiempo; dejarle leer el capítulo en el que hablaba de mis clases de guitarra bastaría para no tener que dar explicaciones. Aun así, decidí imprimir el texto completo.

Fui directo a la copistería a la que solía ir cuando estudiaba en el instituto. Habían pasado unos diez años, pero todo seguía igual allí dentro. El mostrador en forma de U seguía repleto de carpetas y torres de papeles, y justo al fondo de aquel local a pie de calle de apenas veinte metros cuadrados, las dos fotocopiadoras parecían quejarse de su trabajo mientras escupían sin parar folios por uno de sus laterales.

—Enseguida salgo.

Reconocí la voz que procedía del cuarto de baño situado en la parte derecha del local, donde seguían puestas en fila las macetas de cerámica de colores repletas de plantas de aloe vera, siemprevivas y algún cactus. Cuando se abrió la puerta, apareció él. Todavía tenía el pelo teñido de rubio, pero el color era más claro que entonces. Supuse que las canas habrían ido ganando presencia con los años y el tinte le daba un aspecto aún más artificial a su pelo. Nos miramos durante unos segundos sin hablar, como dos extraños que hubiesen coincidido en alguna otra vida.

—¿Puedo ayudarte en algo?

Me habría gustado decirle: «¿Te acuerdas de mí?», pero di por hecho que me recordaba, como yo lo recordaba a él, así que me limité a dejar sobre el mostrador la memoria USB.

—Necesitaría imprimir el documento, por favor.

Nunca llegué a dirigirme a él por su nombre. Todos sus clientes lo llamaban Andrés. Pero, para mí, a aquella cara le correspondía otro nombre. Mientras hacía varios ajustes en la impresora desde la pantalla del ordenador, me fijé en su oreja derecha. Tenía el lóbulo rasgado por la mitad. Además de su pelo, aquel fue el detalle de su cara que más me llamó la atención la primera vez que entré allí.

—¿Lo quieres por una cara o te lo imprimo por las dos?

Lo que yo quería era que ese al que todo el mundo llamaba Andrés fuese, en realidad, José, el hijo de la panadera. Que hubiese podido escapar, rehacer su vida y haber salido adelante gracias a aquella copistería.

—Solo por una cara.

Todas las veces que entré en aquel local, incluida esta, pensaba en mi abuelo y en su recurrente historia del hijo de la panadera del pueblo siempre que salía en la tele alguna noticia sobre homosexuales. La primera vez que se la oí contar estábamos a punto de entrar en el año 2000. En Nochevieja, mis abuelos reunían a toda la familia para cenar en la casa del pueblo. Mis padres, mis tíos, mis primos...

Nadie dijo nada, ni aquella primera vez ni ninguna de las siguientes nocheviejas que sucedió lo mismo. Recuerdo que con cada uva que tomaba, una por campanada, deseaba que el techo del salón cayese sobre mi abuelo. Rogaba que el efecto 2000 se llevase también su memoria o, al menos, que borrase aquella terrible historia que muchos le reían como si fuese uno más de esos estúpidos chistes que se contaban cuando las botellas de vino y champán rodaban vacías por la mesa.

—¿Necesitas algo más mientras se imprime todo?

—No. Necesitaría encuadernarlo, eso sí.

—¿Prefieres anilla grande o te sirve la pequeña?

Colocó varios modelos sobre el mostrador. Imaginé que eran aros, como los que, tal vez, hubiese llevado en su oreja derecha. Señalé la más grande.

Según mi abuelo, a José, el hijo de la panadera, sus compañeros de mili en Melilla le dieron una paliza cuando descubrieron que se veía con otro hombre durante sus permisos. Años después supe que tuvo que pasar semanas en el hospital recuperándose de los golpes que recibió en la cara y por todo el cuerpo. «Iba con las orejas llenas de aros, bien marcado, como los cerdos. Llamando la atención. ¡Se veía a leguas lo que era!». Y mi abuelo se reía al contarlo. Y los demás se reían con él. Y yo miraba hacia la chimenea del salón y sentía el calor del fuego en el pecho, como si la leña prendiera dentro de mí. «Menuda vergüenza pasaba su madre, la pobre mujer, cuando alguien le iba con el cuento a la panadería». Nadie se atrevía a interrumpir a mi abuelo; ninguno de los allí presentes abrió la boca para decirle que lo verdaderamente vergonzoso no era el comportamiento o la forma de ser de José, sino los comentarios de la gente o que el pueblo entero le diese la espalda para posicionarse del lado de la madre doliente y golpeada por la desgracia, cuando quien sufría de verdad era su hijo. Nadie le advirtió a mi abuelo que lo realmente vergonzoso era saber que José había tenido que renunciar a volver a casa después de la mili. Nunca regresó al pueblo, o eso contaban, ni siquiera lo hizo para enterrar a sus padres. Y, aun así, durante años siguieron tachándole como el único culpable de todas las desgracias de aquella familia, como si ser la víctima no fuera una losa mucho más pesada que la vergüenza de sus padres, la panadera y su marido, por tener un hijo como José, al que nunca nadie se atrevió a tender una mano.

—Pues aquí lo tienes. ¿Necesitas algo más?

«Saber si José volvió a ser feliz», pensé. Andrés, si es que ese hombre que se movía detrás de aquel mostrador se llamaba realmente así, habría pensado que estaba loco si le hubiese hecho esa pregunta. Volvimos a mirarnos en silencio durante unos segundos antes de pagarle y salir de la copistería.

Caminé unas cuantas calles con el manuscrito bajo el brazo. Recordaba que no muy lejos de allí había una tienda de instrumentos donde podría encontrar material para arreglar guitarras. A esas horas tan tempranas, el barrio de Malasaña estaba prácticamente desierto. Apenas me crucé con tres o cuatro personas. Parecía que la gente hubiese huido de Madrid aquella mañana, salvo dos hombres que descargaban cajas de bebidas de un camión. Pero no era así.

De repente, mi móvil vibró dentro del bolsillo del pantalón. En la pantalla vi aquella fila de números que empezaban por +44. Leí el mensaje sin desbloquear el teléfono.

Sigues teniendo este número?
Llámame. Tom

Justo entonces recordé el momento exacto en el que había borrado el contacto de Tom de mi teléfono.

Los fines de semana solía hacer planes con algunos compañeros del museo. A veces, incluso, alquilábamos un coche para escaparnos fuera de Londres. Visitamos Oxford varias veces, hicimos una excursión de dos días a Birmingham y otra a Durham, al norte de Inglaterra, donde reservamos una habitación de hostal con literas de hierro y paredes desconchadas repletas de humedades. Nuestra última aventura, a la que se unió Claire, fue escaparnos a Leicester, donde había pasado uno de mis veranos de adolescente en casa de Margaret y John. Con el inicio del verano, la ciudad organizaba un festival de música al aire libre. Allí, por casualidad, coincidí con Martha, una joven pelirroja, hija de un matrimonio irlandés que vivía en la misma calle que Margaret y John. Era un año más joven que yo y fue ella quien me enseñó a moverme en autobús por la ciudad. Incluso salí de fiesta algunos sábados con ella y sus amigas por el centro. No nos habíamos vuelto a ver desde entonces. Fue Martha quien me reconoció entre la multitud que abarrotaba el parque que habían cerrado para quienes acudían al festival.

—¡No me puedo creer que seas tú! —dijo gritando—. ¿Cuántos años han pasado?

Después de abrazarnos, le pregunté por su familia, por sus padres y también por Margaret y John. Fue entonces cuando me contó que él había fallecido hacía poco más de un año por un problema pulmonar. Recordé que era Margaret la que fumaba un cigarrillo tras otro sin importar la hora del día o la noche. Martha me contó que Margaret, tras la muerte de John, había vendido la casa familiar y se había marchado a vivir con su hija y su mujer a Leeds.

No volvimos a viajar fuera de Londres los fines de semana después de esa visita a Leicester. Cambié aquellos planes por pasar más tiempo con Tom sin saber que, unas semanas después, iba a tener que dejarlo todo para regresar a Madrid.

Aquel domingo no tenía prisa por madrugar, así que, cuando me desperté, decidí quedarme leyendo en la cama. Me gustaba la tranquilidad de mi barrio de Londres los domingos por la mañana. El día anterior, como ya era habitual, lo había pasado con Tom. Me invitó a desayunar en Carnaby Street, muy cerca de su apartamento, y después caminamos por el Soho y por Covent Garden, donde coincidimos con varios conocidos suyos; entre ellos, un joven alto, mulato y con peinado afro que, tal como me contó Tom después, se trataba de Ernesto, el nuevo fichaje del Departamento de Relaciones Institucionales del Victoria and Albert. Nos saludó en español. Me dijo que su madre era cubana y que echaba de menos hablar en su idioma materno. Por respeto al resto del grupo, la conversación continuó en inglés.

—Esta noche celebro mi cumpleaños —nos dijo levantando la copa de vino tinto que tenía en la mano—. ¿Os apuntáis?

Unas horas más tarde, Ernesto nos recibió en la puerta de su casa en Marylebone, un barrio pijo al norte de Londres.

—¡Viva la madre patria! —exclamó nada más abrir, y añadió—: Estáis en vuestra casa. —Se colocó a un lado abriendo la puerta e hizo un gesto con la mano animándonos a entrar.

Se trataba de un adosado amplio, de tres plantas y garaje lateral donde tenía aparcado su Mini descapotable rojo. Ernesto llevaba una camisa tan blanca como sus dientes y una americana azul marino entallada que parecía hecha a medida. Lo imaginé conduciendo aquel coche a toda velocidad por alguna carretera solitaria a las afueras de Londres, con los botones de la camisa desabrochados hasta la altura del pecho. Nos acompañó por el pasillo de la entrada hasta un salón muy amplio que se abría a mano derecha y en el que ya había alrededor de treinta personas repartidas por todo el espacio. De fondo sonaba música jazz y me pareció reconocer alguna canción de Nina Simone. Ernesto se acercó con dos copas.

—Al fondo, junto a esa ventana, tenéis vino. Podéis serviros vosotros mismos.

Fui detrás de Tom hasta el fondo de aquella sala donde

había una mesa con botellas dentro de un recipiente lleno de pequeños cubitos de hielo. Me fijé en que había todo tipo de vinos, algunos incluso de la Ribera del Duero. Me sorprendió descubrir hasta una botella de verdejo de Rueda, que tomé al instante para llenar dos copas. Asistíamos a una especie de baile entre los invitados y los camareros, que iban y venían con las bandejas de los canapés: amplio surtido de quesos, pequeñas tostadas de un pan muy fino recubiertas de algo que me recordaba al caviar y otros manjares más que pasaban casi sobrevolando por delante de nosotros. Me limité a beber. Tom enseguida comenzó a reconocer a gente. Iba de un lado a otro saludando a algunos de los invitados que de vez en cuando me presentaba. Estábamos hablando con una compañera de departamento de Ernesto, que ya había trabajado antes con Tom en varias exposiciones, cuando se acercó a nosotros una mujer de pelo rizado y canoso con unas gafas rojas de pasta con cristales ahumados que le cubrían prácticamente la mitad de la cara. No medía mucho más de metro y medio y se movía por el salón como una vedete retirada agitando por detrás de su cuello un fular negro como si fuese una boa de plumas.

—¡Cuánto tiempo sin verte, querido!

Los pendientes alargados de coral tintineaban en sus orejas como cristales chocando entre sí. Parecían estar hechos del mismo material que sus ojos, que a esa hora ya tenían un brillo llamativo.

—¡Margot! Tan elegante como siempre.

Yo los miraba sin decir nada. Aquella escena parecía sacada de alguna película antigua en la que él interpretaba a un falso amigo y ella era lo más parecido a una afamada actriz venida a menos.

—Ya me han contado que todas tus exposiciones son un éxito. —Margot se acercó a la mesa de las bebidas y se sirvió una copa de vino tinto mientras le hablaba a Tom—. Como ves, no he perdido las buenas costumbres —dijo levantando la copa—. Brindemos por Ernesto. Nadie organiza mejores fiestas que él.

Lo dijo en voz alta y algunas de las personas que teníamos al lado, entre las que se encontraba el anfitrión, se giraron al oír a aquella mujer y todos la secundamos acercando nuestras copas de cristal que, al chocar, sonaron como lo hacían sus pendientes con cada uno de sus movimientos.

—¿Y este chico tan guapo? —preguntó dirigiéndose a mí.

Ni siquiera me dio tiempo a presentarme, porque Tom se adelantó:

—Es mi pareja.

Ella comenzó a reírse a carcajadas. Tenía una risa estridente. Yo sentía como si el vino que acababa de beber tras el brindis estuviera creando una úlcera en mi esófago. Empecé a sudar y sujeté la copa con las dos manos para controlar el pulso y que nadie notara cómo me temblaban.

—Pero... —Margot frunció el ceño y se puso la mano libre en la barbilla, como si fuese a comenzar un interrogatorio.

—¿Y tú? —la interrumpió Tom—. ¿Cómo es la vida con tanto tiempo libre?

—Pues mira, un novio es lo que tendría que buscarme

yo también. O una novia —apostilló, y volvió a soltar una de esas carcajadas que parecían el sonido de algún animal aún por descubrir—. Me gustaría ser tan moderna como vosotros.

Esa palabra, vosotros, *you* en inglés, la dijo alargando la última letra, pronunciando una «u» interminable mientras tocaba con su dedo índice el pecho de Tom.

Le noté algo nervioso. Me miró y levantó las cejas al tiempo que entornaba un poco los ojos y hacía un ligero gesto de negación con la cabeza. Estaba seguro de que todos los que estábamos allí, incluido Ernesto, pensábamos lo mismo de Margot. Imaginé que habría sido divertido tenerla como compañera de trabajo unos años antes, pero supuse que ahora su presencia llegaba a molestar cuando la invitaban a una fiesta con tanto vino al alcance de la mano.

La celebración se alargó varias horas más. Antes de marcharnos le pedí permiso a Ernesto para ir al cuarto de baño. Tom se quedó con el resto de los invitados y fue él quien me acompañó hasta el pasillo y, desde allí, me indicó cómo llegar. Estaba justo antes de la cocina, de donde salía un murmullo que se mezclaba con el ambiente del salón. Aquel cumpleaños parecía que no iba a terminar nunca.

Antes de salir, oí a Margot al otro lado de la puerta. Tenía dificultades para vocalizar y parecía hablar en voz baja con alguien.

—¿Qué es eso de que ahora... —se tomaba su tiempo para pronunciar cada sílaba lo más claro posible—, de que ahora tienes novio?

Hice un esfuerzo para contener la respiración dentro

del baño. La cisterna seguía sonando mientras se rellena-
ba de agua y me impedía entender bien lo que decían en el
pasillo.

—Creo que has bebido demasiado, Margot.

Quien se lo decía era Tom.

—¿Qué ha pasado con Mel?

Era la primera vez que oía ese nombre. Me habría gustado salir en ese momento e interrumpirlos, pero esperé
dentro del baño hasta que sus voces se alejaron.

Cuando volví al salón, Tom estaba hablando con Ernesto.

—Gracias por venir.

Tom le devolvió el agradecimiento y el chico se acercó a
mí para darme un abrazo.

—Disculpa a Margot —me dijo en voz baja al oído—.
Ya has visto cómo se pone cuando bebe.

—Ha sido una fiesta muy agradable.

—Espero que nos veamos pronto de nuevo —nos dijo,
esta vez a los dos.

Pero eso nunca pasó. No volví a coincidir con Ernesto.
A Tom lo vi al día siguiente, aunque no habíamos quedado. Iba a estar trabajando en casa para ultimar una exposición que el Victoria and Albert inauguraría en las próximas
semanas. O eso me dijo.

Después de leer un rato en la cama, me levanté para preparar el desayuno. En los días de más calor me colaba por la
ventana y me instalaba en el saliente que había justo delante de la cocina. No era una terraza ya que ni siquiera había

puerta, sino el techo del piso inferior. La inquilina a quien sustituí en mi apartamento me explicó cómo hacerlo y me aseguró que los vecinos de abajo no ponían ninguna pega por utilizar su tejado como terraza. No había riesgo de derrumbe, por lo que, de pronto, mi apartamento disponía de una no terraza para disfrutar de ella en los días soleados. Y allí desayunaba muchas mañanas, como la de aquel domingo.

Volví a meter todo en casa cuando terminé. Entraba y salía por la ventana llevando los restos del desayuno, la mesa metálica redonda y la silla.

No tenía planes, así que, después de darme una ducha rápida con agua fría, decidí salir de casa y acercarme a Brick Lane, al este de la ciudad, y pasear por su mercadillo. El barrio, de tradición judía, se convirtió con el tiempo en el centro de la comunidad bangladesí. Las paredes de muchos de sus edificios estaban repletas de grafitis, por lo que caminar por allí era siempre una buena opción en caso de querer huir de los días grises de Londres. Aquella mañana, sin embargo, no solo había aumentado el calor, sino también el número de turistas. Se veía más ajetreo de lo habitual, a pesar de que no era una zona muy conocida y nada tenía que ver con otros de los mercadillos de la ciudad, como los de Portobello Road, en Notting Hill, o el de Camden Town. La gente paseaba entre los puestos sin prisa, mezclándose entre ellos como lo hacían en la nariz el olor denso del curri y otras especias que salía de los puestos de comida, en su mayoría indios.

Me acerqué a uno de esos restaurantes improvisados en la calle para ver qué estaban cocinando. Casi podían tocarse los olores. Una nube anaranjada creaba una burbuja alrededor de un toldo bajo el que tres hombres, con delantales de tela gris salpicada de manchas oscuras, cocinaban sin pararse a mirar a quienes se acercaban a pedir comida. Decían a gritos platos indescifrables, mezclas de ingredientes que ni siquiera era capaz de reconocer y que servían en una especie de cajas de cartón una detrás de otra. Por unas pocas libras pedí uno de aquellos mejunjes sin saber muy bien qué iba a comer y me senté en las escaleras de un edificio abandonado, junto a un puesto de chaquetas de cuero y abrigos de segunda mano. La comida tenía un sabor intenso, algo picante, que intentaba rebajar dando pequeños sorbos a la cerveza india que compré y que tampoco había probado hasta entonces.

La gente pasaba por delante de mí hablando en varios idiomas. Pasaron dos jóvenes, un hombre y una mujer, con rastas larguísimas que parecían culebras rozándoles la cintura. Después, una chica que arrastraba un carrito de bebé sin bebé lleno de objetos antiguos se quedó mirándome unos segundos. Entre las cosas que llevaba pude ver una lámpara de araña con los brazos metálicos dorados, varios marcos de madera carcomida, una caja de cervezas vacía, zapatillas de deporte y zapatos sin emparejar, una malla con algunas naranjas y un oso de peluche de un verde intenso al que le habían arrancado los ojos. Vi también a un hombre con las uñas de las manos pintadas, con un vestido vaporoso de color malva a juego y unos zapatos negros de tacón. Paseaba solo, ocultando los ojos detrás de unas gafas de sol oscuras. El pelo, repleto de canas, lo tenía recogido en una coleta corta, que parecía una de esas escobas que se utilizan en las chimeneas para recoger las cenizas. Despertaba alguna que otra mofa entre quienes se cruzaban con él, pero seguía con su paseo sin dar importancia a aquellas miradas juiciosas. Yo pensaba en mis padres y en qué habría pasado por sus cabezas si se hubieran topado con alguien así. Especialmente en mi madre, que solía bajar la mirada o disimulaba rebuscando algo en su bolso cuando nos cruzábamos por alguna calle del centro de Madrid con alguien tan peculiar para ella como aquel señor de uñas pintadas y tacones en mitad de Brick Lane. También lo hacía con las prostitutas con las que coincidíamos por las calles detrás de Gran Vía. Nunca se lo llegué a preguntar, pero sabía de sobra que lo que evitaba mi madre era que alguna de aquellas mujeres le dijese algo, como si fueran a meterla en cualquier lío por el simple hecho de desearle buenas tardes. «Vamos, tira. Camina más deprisa», me decía al darse cuenta de que alguna de aquellas chicas con los pechos prácticamente al aire, embutidas en vestidos de látex o de plástico y subidas a zapatos con plataformas me miraba o, incluso, lanzaba alguna invitación a quien paseaba por su lado, tal vez a mí. Me reía por dentro viendo a mi madre tan apurada. Por el contrario, era más discreto mi padre, o quizá sabía mejor cómo disimular. Se limitaba a caminar sin mover la cabeza cuando se cruzaba con alguien que, por algún motivo, llamaba su atención. Yo le miraba con el rabillo del ojo para ver qué caras ponía o si hacía algún gesto. Si íbamos los tres juntos, nunca decían nada entre ellos ni hacían ningún tipo de comentario, como si al estar en silencio aquella situación con la que nos encontrábamos de bruces fuera solo un pensamiento que, como una nube, se disiparía por el camino. En casa ocurría lo mismo. Cuando veíamos la televisión y de repente aparecía alguna escena de sexo, algo en ellos entraba en fase de alerta. Ninguno de los dos se movía un milímetro, pero por dentro es muy probable que la cosa no estuviera tan quieta. Alguna vez mi madre cambiaba de canal, alegando que nunca echaban por la tele nada interesante, y mi padre ni siquiera se lo reprochaba. No decían nada. Tan solo guardaban silencio. Un silencio cada vez más enquistado, más incómodo, que se instalaba allí, en el sofá, entre nosotros, hasta con las cuestiones más absurdas, y que de algún modo dio forma a nuestra relación. Construyó nuestra familia, que ya partía de pilares carcomidos por opiniones anticuadas y que no eran más que la herencia de generaciones pasadas. Su nerviosismo era evidente. Yo lo notaba con facilidad, como si pudiera tocarlo, como si tuviera olor, como las especias de los puestos callejeros del mercadillo de Brick Lane.

Estaba a punto de terminar mi plato cuando, de pronto, me pareció ver a Tom entre el barullo. De espaldas a mí, muy cerca del puesto en el que había comprado la comida, de pie. Hacía gestos con las manos, como si explicara algo al dependiente del puesto. Su coleta lo delataba. Era él con toda seguridad. «Gírate. Gírate. Gírate», repetí en voz baja. Mis sospechas se confirmaron en cuanto se dio la vuelta. Acababa de comprar uno de esos cuencos de cartón, parecido al que me habían dado a mí con la comida, repleto de algo que, de lejos, me parecieron tallarines, y pinchados sobre la torre de comida, dos tenedores de plástico. Lo vi girar la cabeza, como si tratase de localizar a alguien que debería estar allí, a su lado.

Me puse las gafas de sol como si fuesen a volverme invisible y bajé un poco la cabeza para que no me viera. Junto a las escaleras había varias cajas de cartón para reciclar. Me acerqué a ellas y saqué un periódico arrugado y manchado de aceite que usé como barrera visual entre él y yo. Tom seguía sin moverse, con la comida en las manos y mirando de un lado a otro. Parecía una roca en mitad de un río. De vez en cuando también consultaba su teléfono móvil. Cada vez que la trayectoria de su mirada coincidía con mi posición, yo subía los restos de aquel periódico pegajoso. Me sentía ridículo, pero no tuve que esperar mucho para resolver todas mis dudas. De pronto, Tom levantó una mano, como indicando su posición. Enseguida, de entre la multitud, salió una muchacha pelirroja hasta colocarse junto a él. Era incapaz de oír qué se decían, pero por sus gestos intuí que Tom le estaba reprochando que se hubiese quedado rezagada en algún puesto mientras buscaban un sitio para comer. Reconocía en él esa forma de mover las manos. Ella abrió un poco la bolsa de plástico azul que llevaba para enseñarle el contenido, él se asomó como quien echa un vistazo al interior de un pozo e hizo un gesto como de no entender para qué servía aquello. Parecían discutir por todo, pero no lograba identificar una sola palabra. La gente que pasaba entre ellos y yo parecía llevarse el sonido.

No quería perderlos de vista, así que al ver que se movían de allí, los seguí a unos metros de distancia, sin soltar los restos del periódico. Era como un león al acecho de dos gacelas. No recordaba haber seguido a alguien de esa manera jamás.

Ella era bastante más baja que él. La parte más alta de su cabeza, donde acababa el rojo de su pelo, no le alcanzaba ni a los hombros. Llevaba una falda vaquera corta, por encima de las rodillas, y unas sandalias con tiras de cuero marrón, muy parecidas a unas que yo le había regalado a Tom cuando empezó a hacer calor en Londres. Iban comiendo de la caja de cartón mientras caminaban.

Mantuve cierta distancia con ellos todo el tiempo que duró su paseo por el mercadillo. Más tarde los vi entrar en una cafetería y sentarse a una de las mesas junto al ventanal que ocupaba toda la fachada. No quería que me viesen. Si los había seguido hasta allí, era por algo, así que decidí esperar a que terminaran y volvieran a salir. Lo hice apoyado en la valla de hierro del jardín de uno de los edificios justo en la acera opuesta a la cafetería, donde unos coches aparcados me servían de parapeto.

Verlos a través de la ventana era como asistir a una película de cine mudo. La banda sonora la ponía la ciudad: los coches, los autobuses, las motos, los peatones.

Pensé en enviarle un mensaje al móvil para ver su reacción. Quería introducir algún giro en aquel guion que alguien había escrito y que ellos dos, allí sentados, estaban representando. Al final me decanté por llamarlo directamente.

Vi cómo daba un respingo en la silla cuando notó la vibración del móvil en el bolsillo del pantalón. En los gestos que dirigió a la pelirroja al sacarlo interpreté un «perdona, enseguida vuelvo». No solo se levantó de la mesa que compartían, sino que salió a la calle, con lo que la distancia entre nosotros disminuyó de repente. Aquella situación se había convertido en una especie de partida de ajedrez en la que yo había puesto en jaque al rey.

—¡Buenos días! —dijo desde la otra acera.

Me pareció oír su voz por duplicado, más allá del teléfono. Yo, que seguía apoyado en la valla, me agaché un poco y, de forma instintiva, levanté el periódico, como si los coches no fueran trinchera suficiente.

—¿Todavía sigue la resaca del cumpleaños o qué? —me preguntó.

—¡Qué va! Al final no me he levantado muy tarde. Quería aprovechar para escribir —mentí.

—¿Qué haces? ¿Dónde estás?

—…

Tardé en contestar unos segundos. Si le decía que seguía en casa, podría delatarme el sonido de la calle.

—Al principio pensé en ir a Brick Lane a pasear, que hace mucho que no voy, pero al final me he quedado por aquí. He salido a dar un paseo cerca de casa.

Tom hablaba de espaldas a la cristalera de la cafetería.

—¡Oh, vaya! Podemos ir juntos cuando quieras —dijo.

—Claro. Y tú, ¿qué haces? ¿Mucho trabajo?

—Más de lo que pensaba. Esta exposición va a acabar con mi paciencia… y mi salud.

—Es la parte mala de estar con varios trabajos a la vez.

—Ya.

Quería ver su reacción si lo metía en un aprieto, y solté:

—Si me das quince minutos, paso a buscarte por casa y salimos a dar una vuelta. Así te despejas.

—Me sabe fatal, pero todavía tengo trabajo que hacer.

Lo siento. ¿Te llamo un poco más tarde cuando esté más liberado y nos vemos?

Una ambulancia pasó entre nosotros y el sonido de la sirena se coló en la conversación.

—Me voy a casa —le dije—. He bajado a por unas cervezas aquí en la esquina.

—Hablamos después.

Nada más colgar, Tom regresó a la cafetería. Al otro lado del cristal, él y la pelirroja parecían peces dentro de un acuario expuesto al público. Antes de sentarse se acercó a ella y la besó. En los labios. Lo hizo durante unos segundos, suficientes para sentir que la ambulancia de antes me había pasado por encima, haciendo saltar por los aires el tablero de ajedrez y todos mis peones, mis alfiles, las torres y los caballos. Arrugué el periódico grasiento con las manos y lo lancé como si fuera un cóctel molotov. Quería que ardiese todo, los coches, la gente, la cafetería, la pelirroja, Tom... Me pitaban los oídos como si acabara de explotarme al lado una bomba e hice todo lo posible por no caerme al suelo. Con manos temblorosas tecleé varias letras en la pantalla del teléfono y le envié un mensaje a Tom:

> Ni se te ocurra llamarme después. Tener
> un único trabajo es más que suficiente

Jaque mate.

Caminé dando tumbos por la calle. El sabor de la comida y toda aquella situación me habían dejado un regusto amargo en la garganta del que era incapaz de desprenderme y que me provocaba arcadas. Apagué el teléfono antes de bajar las escaleras hacia la estación de metro, que era como la boca oscura de una ballena. No podía caer más bajo, así que dejé que me devorase sin oponer resistencia.

Horas más tarde, ya en casa y de madrugada, volví a encenderlo y la pantalla se llenó de notificaciones. Llamadas perdidas y mensajes de Tom. Sin leer una sola palabra de aquellos textos, fui directo a los contactos, bajé hasta la «T» y cuando apareció su nombre, eliminé todos sus datos, como quien borra las marcas de tiza de una pizarra.

Eliminar un contacto de la agenda del móvil puede ser traumático si no vas a poder llamar de nuevo a esa persona por mucho que lo desees. Por eso nunca fui capaz de borrar el número de mi madre. Otras veces, en cambio, deshacerte de él como quien arranca hierbajos de una tierra reseca puede resultar sanador.

No volví a coincidir con Tom hasta su accidente de moto en Madrid, unos nueve años después.

Tuve que dejar Londres a toda prisa. La llamada de mi padre advirtiéndome del estado de salud de mi madre hizo que cualquier plan de futuro pasara a un segundo plano. Me quedaba apenas un mes para que terminase la beca que me habían concedido para trabajar en la Tate Modern y las posibilidades de seguir allí eran escasas. Claire trató de conseguir que me la renovaran si decidía volver a Londres o que pudieran hacerme un contrato temporal no solo en la galería, sino en alguno de los museos donde trabajaban muchos de sus contactos, pero tampoco yo tenía claro si Londres era la ciudad en la que quería seguir viviendo.

Recogí todo lo que había acumulado en el apartamento durante los últimos meses, lo metí en varias maletas y regresé a Madrid justo cuando mi madre se iba de allí para siempre.

Después de su entierro regresé a mi piso. Llevaba cerrado casi un año, el tiempo que pasé en Londres, y abrirlo de nuevo fue como si a cada paso alguien metiese sus manos dentro de mi cuerpo para sacar mis órganos uno a uno. Me dolían los pulmones al respirar.

Era un piso pequeño, pero tenía mucha luz, a pesar de que la calle en la que estaba era estrecha. Recorrí descalzo el pasillo, arrastrando los pies por el suelo que crujía a medida que avanzaba por él, despacio, como si el aire allí dentro fuese una especie de fango espeso difícil de atravesar. Aquellos tablones viejos de madera seguían oliendo igual que la primera vez que entré allí, pero al llevar cerrado tantos meses, ese olor era aún más fuerte. Lo notaba más allá de la nariz, como si se me pegara al cerebro como un mal recuerdo.

Abrí todas las ventanas para ventilar. Lo hice el tiempo suficiente para que el aire se renovara, y volví a cerrarlas enseguida para evitar que entrase el sol que esos días amenazaba con derretir la ciudad. Era finales de agosto y caminar por las calles era como hacerlo por el desierto. La gente parecía haberse marchado. Pero lo peor era que algunos se habían ido para no volver.

El salón parecía un museo abandonado. De mi madre había hecho propia la manía de tapar todo con sábanas cuando la casa iba a estar deshabitada varios meses seguidos. Una costumbre que ella había adquirido, a su vez, de su madre, mi abuela. Recuerdo con todo detalle aquellas tardes de primeros de septiembre cuando solo quedaban en el pueblo los vecinos que vivían allí todo el año. Entonces, cuando el alboroto estival de las calles había sucumbido y volvía a oírse el agua furiosa del regato que discurría por entre algunas casas, acompañaba a mi abuela hasta el chalet de una de sus hermanas, que vivía en Francia y solo volvía al pueblo durante el mes de agosto. Cubríamos con sábanas y con telas finas, que nunca supe de dónde salían, los sofás, las sillas, las mesas, las camas e incluso las lámparas del techo de todas las habitaciones. El resto del año, aquella casa, cerrada a cal y canto, era lo más parecido a una residencia de fantasmas. Algo similar a lo que me encontré al regresar a la mía en Madrid.

Con la intención de no levantar mucho polvo, quité con cuidado la sábana más grande, la del sofá. Pero aun así, un ejército de motas se despertó como alertado por un toque de corneta y el salón se llenó de pequeños puntos grises que surcaban el aire como kamikazes. Repetí la misma operación, esta vez con más cuidado, con el resto de las telas que cubrían la mesa y las cuatro sillas y las estanterías donde los libros habían estado esperando meses a que alguien volviese para tocarlos.

El piso era de mi madre y antes lo fue de mi tía de Francia. Se lo dejó en herencia cuando murió y, por la misma maldita razón, pasó a ser mío tiempo después. Nos unía ese piso a mi madre y a mí como lo había hecho aquella manía de cubrir la casa con telas durante el tiempo que estuviera deshabitada. Estaba en la universidad cuando me mudé allí por primera vez. Mis padres no opusieron resistencia, pero entre los tres acordamos que seguiría yendo a cenar algunas noches a su casa. Esa rutina fue desapareciendo como un hielo al sol hasta que, meses después, surgió la posibilidad de marcharme a Londres.

Cuando terminé de destapar todo en el salón, recorrí el resto del piso retirando sábanas como quien desmonta la carpa de un circo para trasladarse a la siguiente ciudad. La última fue la de mi cama, sobre la que antes de irme a Londres había puesto mi guitarra, que seguía dentro de su funda con el mástil arrancado.

Ya sin sábanas cubriéndolo todo, comencé a deshacer las maletas que había dejado tiradas en mitad del salón antes de ir al hospital. Era lo más parecido a los restos de mi propio naufragio. Al poco tiempo decidí posponerlo y me senté a la mesa que utilizaba como escritorio junto a la ventana, donde estaba el ordenador, que parecía haber salido del mismísimo infierno. La luz del sol se colaba por la contraventana medio abierta e incidía directamente sobre el teclado, como si quisiera derretir las letras para que no escribiera nada. Al pulsar una de ellas, la pantalla se iluminó y apareció el documento en el que, la noche antes, había escrito varios párrafos de forma rápida y desordenada.

Me preparé un café y seguí escribiendo con la incertidumbre de si aquello serviría alguna vez para algo.

Antes de que sonara el segundo tono, Tom descolgó la llamada. No tuve tiempo para arrepentirme.

—Gracias por llamar —me dijo.

Permanecí en silencio.

—Siento mucho lo de tu padre. No pude despedirme de ti en el hospital. ¿Qué tal está?

—No lo sé. Todo va muy lento.

—Y tú, ¿cómo estás?

—¿Para qué querías que te llamase, Tom?

—No quería volver a Londres sin despedirme de ti.

—Ya lo estás haciendo, ¿no?

—Me voy este viernes, después de la fiesta del Prado. ¿Crees que podríamos vernos antes?

—Tengo que estar con mi padre.

—¿Dónde estás ahora?

—He salido a hacer unas cosas.

—Espérame. Me acerco a donde estés.

—Tengo que volver al hospital.

—Serán diez minutos. Te lo prometo.

Esperé en un bar. Desde la mesa de la ventana lo vi bajarse de un coche negro que llegó al poco rato. Me saludó levantando la cabeza después de despedir al conductor y me fijé en la herida de su frente. Cuando entró, le hice un gesto con la mano invitándole a sentarse.

—Gracias por dejarme venir.

—Tengo un poco de prisa —le dije apurando el café que me había pedido.

—Lo sé. Seré breve.

Se acercó la camarera con una bandeja apoyada en el pecho, como si fuera una carpeta. Tom pidió un café solo con hielo; yo, uno sin.

—Dejaste Londres de repente —comenzó—. Me enteré de lo de tu madre por Claire. Lo siento muchísimo.

—Ya han pasado unos cuantos años.

—Pero no había podido decírtelo hasta ahora. Imagino que no leíste mis mensajes.

La camarera se acercó de nuevo y puso las tazas y el vaso con los hielos sobre la mesa.

—Quería contarte la verdad —me dijo cuando se alejó la camarera.

—¿Qué verdad?

—Lo que ocurrió de verdad.

—¿Por qué no lo hiciste entonces?

—No pensaba en lo que estaba haciendo, hasta que todo se complicó.

—¿Se complicó? Hablas como si alguien hubiese decidido por ti.

—Me sentí fatal. Te marchaste. No pude hacer nada, ni darte explicaciones.

—Tampoco te las estoy pidiendo ahora.

—Tenía miedo.

—¿Tú? ¿A qué?

—No estaba seguro de nada.

—Y yo era el ratón del laboratorio.

—Estaba bien contigo, de verdad.

—Conmigo y con más gente, Tom.

—Llevaba unos años saliendo con Mel antes de conocerte, sí. Pero estábamos algo distanciados y yo...

—Ya te he dicho que no te estoy pidiendo explicaciones —le interrumpí—. Decidiste lo que decidiste. En eso consiste la vida, ¿no? En tomar decisiones.

—Me equivoqué. Lo hice fatal en aquel momento. Y lo siento.

—Muy bien.

Volcó el café en el vaso con los hielos y, antes de dar el primer sorbo, soltó:

—Mel y yo nos casamos.

Me pareció sentir un terremoto justo debajo de nosotros cuando dijo aquella frase. Me agarré al borde de la mesa con las dos manos y mis ojos bajaron buscando las suyas, buscando sus dedos. Fueron milésimas de segundo, pero me dio tiempo a fijarme en sus uñas, siempre perfectas, en los pequeños pliegues de su piel, e imaginé un anillo allí mismo. Debió de darse cuenta.

—Ya no lo estamos.

Volví a mirarle a los ojos. Entendí que el verbo que había empleado no era futuro, sino pasado, aquel en el que había quedado también lo que un día hubo entre nosotros.

—Necesitaba contártelo. Y pedirte perdón. Sé lo que

estás pensando y no hace falta que lo digas. Todos esos insultos ya me los he gritado a mí mismo.

Tom siguió hablando, pero yo había dejado de escucharle. De repente, todo iba como a cámara lenta. Sus labios, sus manos, a las que dirigía mi mirada una y otra vez. Hasta la camarera parecía levitar entre las mesas cargando con la bandeja.

—Quería terminar bien contigo —prosiguió en voz baja—. Cerrar las heridas, aunque dejen cicatriz. Sé que es imposible que seamos amigos, pero al menos intentar que el recuerdo no nos haga daño, que no te haga más daño.

Le hice un gesto a la camarera con la mano, que entendió enseguida. Vino a la mesa con la cuenta, que dejó entre las tazas vacías.

—Sé que no me entiendes. Lógico. Ni yo me entiendo muchas veces. He tardado años en darme cuenta de muchas cosas y llegó un momento en el que supe que no quería seguir arrepintiéndome por no hacer lo que de verdad quería hacer. No pienses que estoy tratando de justificarme. Después de esta conversación sé que no volveremos a vernos. Y precisamente por eso quería verte, hablar contigo. Necesitaba contarte todo. Contar la verdad es la única forma de ser libres, aunque nos cueste, a pesar de que por el camino solo dejemos devastación.

El terremoto seguía bajo la mesa, bajo nuestros pies. Puede que el epicentro estuviese muy cerca de la superficie, hasta casi rozar la mesa. Puse un billete de cinco euros en el plato de la cuenta y me levanté sin esperar al cambio.

—Mucha suerte, Tom.

Se levantó de la silla y me puso una mano en el hombro.

—Espero que puedas perdonarme, que entiendas que lo siento, que necesitaba verte, hablar, pedirte perdón, las veces que hiciera falta.

—Espero que todo te vaya bien, Tom. Cuídate.

No le di la mano, ni un abrazo. Nada. Salí de la cafetería y me puse a correr sin saber muy bien adónde ir.

No me di cuenta hasta media hora después de que me había dejado el manuscrito de la novela en la silla que había entre Tom y yo.

Sabía de sobra que me iban a descubrir. Aun así, lo hice. «Se pilla antes a un mentiroso que a un cojo».

Esa frase de mi madre resonó durante años en mi cabeza. Entonces no entendía muy bien su significado. Tendría unos siete u ocho años. Tal vez nueve. Imaginaba a mi padre y a mi abuelo con sus escopetas de caza al hombro detrás de mí, que escapaba arrastrando una pierna escayolada.

Volvía a mí cada vez que ocultaba algo a mis padres, o cuando inventaba alguna excusa para evitar sus broncas que creía inminentes. En alguna ocasión hubo charlas, algún grito y varios reproches, pero, eso sí, no recuerdo jamás un castigo. Solían ser conversaciones breves y poco profundas, como un charco de lluvia, y no eran muy frecuentes, no porque no les diera motivos, sino porque sabía mentir bien. Mejor dicho, sabía cómo ocultar información.

Aquella mañana, nada más entrar en clase de educación física, me di cuenta de que me había dejado la bolsa de aseo en casa. Olvidársela suponía un punto negativo, lo que a ojos de mis padres era una mancha imborrable en mi expediente, salvo que tuvieras una causa que lo justificara. Y yo no la tenía. La olvidé en casa. No había más. Podría haber dicho la verdad desde el principio, pero en aquel momento pensé que nadie, y mucho menos la profesora, iba a creer que el alumno más responsable de la clase se hubiese despistado con algo tan absurdo como aquello.

Por eso mentí. Mentí para salvarme sin saber que estaba condenado desde antes de hablar. No decir la verdad fue mi condena. Siempre lo ha sido.

Cuando la profesora me preguntó por qué no había llevado la bolsa de aseo, en mi garganta comenzó a crearse una especie de madeja de lana gruesa, áspera y negra, que terminé escupiendo. «Mi abuela está enferma y han tenido que llevársela al hospital», le dije. «No he podido dormir en casa», seguí mintiendo. «Por eso no he podido traer la bolsa de aseo», rematé.

Nunca supe de qué habló mi madre con aquella profesora dentro de su despacho. Las esperé fuera, en el pasillo, apoyado contra la pared.

«Se pilla antes a un mentiroso que a un cojo».

Fue lo único que me dijo antes de subirnos al coche. De vuelta a casa, prefería un puñetazo en la nariz que su silencio.

—Verás cuando se entere tu padre —dijo después de un rato, sin dejar de mirar hacia delante.

Sentía que todo el mundo nos observaba, como si acabáramos de robar un barco y lo llevásemos arrastrando con una cuerda detrás del coche. Mi arrepentimiento pesaba tanto o más.

—¡Qué vergüenza! Que me tengan que llamar para esto...

Desde mi habitación escuché a mis padres hablar de mí en la cocina. El «tendrás que decirle algo» de mi madre se mezclaba con el sonido de platos y cubiertos mientras ponía la mesa.

«Se pilla antes a un mentiroso que a un cojo».

Lo volvió a decir cuando nos sentamos a cenar.

Después habló mi padre:

—Que sea la última vez que nos tienen que llamar la atención por algo así.

Fue lo único que dijo. Y bastó para sentir que la Tierra se paraba, que los pájaros caían de golpe al suelo, que los ríos se secaban y el mar se convertía en un bloque de hielo compacto.

—¿Te ha quedado claro?

Asentí para que todo pudiera volver a ponerse en marcha. Su confianza era una bola de cristal que yo les devolvía rajada.

Desde entonces, les oculté fechas de exámenes, por si suspendía alguno y aquello volvía a suponer un fracaso en el expediente del hijo perfecto; añadí nombres de personas a planes a los que me invitaban y más tarde empecé a cambiarlos. Así, Mario era María, Juan era Joanna, o Christian, Cristina. Y con cada ocasión, oía la voz de mi madre: «Se pilla antes a un mentiroso que a un cojo».

Mi padre debió de notarme algo raro en la cara nada más entrar por la puerta. Había vuelto al hospital por inercia, como si fuera otra persona la que estuviera manejando mi cuerpo. Intenté recordar las calles por las que había pasado, las mismas que otras veces, estaba seguro, pero era como si ese último paseo hasta aquella habitación fuera un grafiti que hubiesen borrado con una mano de pintura gris.

—Este es Ángel. Lo han traído esta mañana.

Mi padre señaló la otra cama. Aquel hombre parecía haber llegado allí para morir. Sus brazos y sus piernas eran como las varillas de un paraguas. Tenía la piel llena de llagas y un aspecto amarillento, casi verdoso. Cuando lo saludé no me contestó, ni siquiera sé si llegó a girar la cabeza hacia mí. Me fijé en su cara, en sus hombros, en sus dedos. Era un saco de huesos.

Llegué justo para el turno de comidas. Dos auxiliares aparecieron en la habitación con bandejas y una de ellas dejó la de mi padre sobre la mesa; la otra entró con dos tristes cuencos llenos de gelatina. Era todo lo que podía comer Ángel. Ellas mismas se las daban a cucharadas. Aquella escena parecía durar meses. Cuando mi padre se levantó de la mesa, Ángel ni siquiera había terminado el primero de los cuencos.

—¿No ha venido nadie de su familia? —le pregunté.

Negó con la cabeza al sentarse en su cama, junto a mi butaca. Las auxiliares no habían corrido las cortinas y estábamos allí sentados en primera fila como quien paga por ir al teatro. Ángel parecía morir en cada bocado mientras las auxiliares lo jaleaban como si fuera un bebé que no quiere comer.

—¿Alguna vez has dejado de hablarle a alguien? —le pregunté a mi padre sin mirarlo. Seguíamos pendientes de aquella escena.

—¿Por decisión propia?

—Sí.

—Eso no sirve de nada.

Me giré para mirarlo.

—Quiero decir que cuando haces eso, aunque haya motivos, al final el que se siente incómodo es uno mismo.

—Ya.

—Es como si tú también hubieses hecho algo malo y fueras consciente de ello.

Pensé en Tom y en el encuentro que acababa de tener con él en la cafetería. Las palabras de mi padre parecían ortigas. Me picaba la vergüenza, como si la reacción poco madura que había tenido con Tom me produjese alergia.

Las auxiliares no llegaron ni a empezar la segunda gelatina, dejándolo por imposible. Recogieron la bandeja de mi padre y desaparecieron por la puerta. Ángel tenía los ojos cerrados.

—¿Vas a dejar de hablarle a alguien o qué? —dijo mi padre de repente.

—¿No va a venir nadie a cuidar de este hombre?

—Igual decidió dejar de hablar con toda su familia.

—Acaban de ingresarlo. Puede que no les haya dado tiempo a venir.

Habíamos bajado el volumen. Sin embargo, aquel hombre estaba demasiado cerca como para no escucharnos, aunque dudaba que fuese capaz de hacerlo. Seguía sin moverse, con la boca abierta, dispuesta para hablar, pero por allí no salía ni una sola palabra. Y me agobiaba pensar que tampoco entrase el aire.

Aquella fue una de las primeras veces en las que me paré a pensar qué pasaría si mi padre desapareciese un día, como ocurrió con mi madre; qué haría alguien como yo, sin hermanos ni sobrinos que se preocuparan de mí, si un día ocupaba una cama de hospital como la que sostenía el cuerpo casi ingrávido de Ángel a menos de dos metros de nosotros. «¿No va a venir nadie a cuidar de este hombre?». La pregunta que acababa de hacerle a mi padre resonó dentro de mí, como un eco lejano.

Mi padre, Ángel y yo. Allí estábamos los tres. Tres cuerpos, cada uno con su velocidad: el de mi padre, cada vez más apagado; el de Ángel, luchando por no pararse del todo, y el mío que, sin saberlo entonces, había comenzado a rodar ladera abajo.

—Espero irme de aquí antes de que este hombre...
—Mi padre completó la frase inclinando un poco la cabeza

hacia un lado, con los ojos cerrados y parte de la lengua fuera.

—No digas eso —protesté—. Te va a oír.

—¿Y la guitarra?

Pasábamos de un tema a otro sin solución de continuidad y me notaba lento, con los reflejos enfangados.

—No me ha dado tiempo de ir a casa. Quería...

—¿Y lo que ibas a imprimir?

Cada pregunta de mi padre me hundía más en el barro. Imaginé a Tom leyendo el manuscrito en la cafetería de la que salí casi huyendo, o por la calle, o en la habitación de algún hotel, y volvió a picarme el cuerpo. Por todas partes. Las disculpas, las excusas, las mentiras se apelotonaban en mi garganta, y yo quería tragármelas todas juntas para no quedar como un mentiroso una vez más. ¿Hasta cuándo iba a durar aquella farsa? ¿Por qué no podía ser claro de una vez con mi padre, decirle la verdad, acabar con un pasado de miedos y silencio, contarle las cosas y deshacer ese nudo que ya estaba a punto de ahogarme? Creo que empecé a temblar.

—¿Estás bien?

Fue lo último que escuché decir a mi padre.

No sé cuánto tiempo pasó. Al despertarme, reconocí a Ronca. Ella fue la que me dijo que habían pasado casi tres horas desde que sufrí un mareo en la butaca hasta que me había despertado tumbado en una camilla. Su voz sonaba despreocupada cuando me comentó que había sido culpa de la tensión, como si aquello fuera lo más habitual para ella. Y seguramente lo era. Para mí fue una especie de muerte fugaz, un tiempo que mi cuerpo parecía no haber vivido mientras todo lo demás conservaba su velocidad constante.

Cuando volví a la habitación de mi padre, después de ese tiempo que no existe en mi cabeza, Ángel ya no estaba; ni rastro de aquellos huesos sobre las sábanas, estiradas y limpias. Se lo habían llevado. ¿Habría muerto durante esas tres horas? ¿Era yo, tal vez, el que debería haber muerto, pero la Parca decidió llevarse primero a aquel cuerpo ingrávido? ¿Acaso él y yo estuvimos muertos a la vez en algún momento?

De repente sentí el contacto del cuerpo de mi padre, que se acercó para darme un abrazo. Me preguntó: «¿Qué ha pasado?», y cada una de sus palabras parecían flotar como pompas de jabón. «¿Estás bien?». Temía esa pregunta, la misma que había formulado justo antes de caer en aquella muerte temporal. «Sí», respondí por inercia, pero sin saber si en realidad era yo el que hablaba. Quien estaba ingresado en aquel hospital era él, pero parecía que los que nos moríamos éramos todos los demás. Y fui consciente de que se acababa el tiempo; también el mío. Fueron décimas de segundo lo que duró ese pensamiento, como si fuera otra pompa de jabón flotando delante de mis narices y de repente explotara, descomponiéndose en miles de diminutos puntos blancos saliendo disparados hacia todas partes. Y entonces lo abracé yo también, apretándolo con fuerza contra mí, como si quisiera evitar que estallase igual que aquellas bolas transparentes suspendidas en el aire.

—Se lo han llevado a otra planta. No podía estar aquí; esta no es una habitación para moribundos —dijo.

¿Seríamos nosotros moribundos? Ya habían salido dos personas de aquella habitación. Y al menos una de ellas, muerta. De Ángel supimos más tarde que también había fallecido. Su cuerpo se paró definitivamente una de aquellas noches de verano. Para él esa noche fue como la parada final del trayecto de una línea de autobús en la que no te queda más remedio que bajarte. ¿Qué pensaría mi padre cuando sacaron a Ángel de allí? ¿En la muerte? ¿En la suya? ¿O tal vez en la mía mientras mi cuerpo estuvo varias horas en pausa sobre la cama de otra habitación? ¿Pensaría acaso en mi madre?

Me fijé en el espacio que había dejado Ángel y lo abracé aún más fuerte.

El resto de la tarde noté a mi padre más apagado que de costumbre. Ni siquiera se terminó lo que le sirvieron de cena. Era la primera vez que ocurría desde que lo ingresaron. Puede que pensara demasiado en Ángel, o en mi madre, y se le hubieran quitado las ganas de comer. La angustia llena más que toda la comida de un banquete de bodas. Me ocurre a menudo. Le insistí para que comiera más, que se terminara al menos el primer plato, pero prefirió no hacerlo. Los filetes de pescado que le habían traído de segundo ni siquiera los probó. Allí dejó la bandeja a medio terminar, sobre la mesa de la habitación, hasta que las auxiliares entraron a por las sobras. Me dijo que necesitaba descansar y se recostó en la cama con los ojos cerrados.

De vez en cuando lo oía balbucir. Eran palabras torpes, sin sentido aparente, como si hablara con alguien en sueños. No le di importancia hasta que vi cómo comenzaba a formarse una capa fina de sudor en su frente, con pequeñas gotas que, al unirse unas con otras, resbalaban hasta la almohada.

«¡Mamá! ¡Mamá!». Me descubrí gritando eso al acercarme a él, pero por mi boca no salía ni una sola palabra. Tenía la piel ardiendo, como si de pronto una mecha se hubiese prendido dentro de su cuerpo.

Me pasaba siempre de noche, de manera irracional. No sé si temía a la oscuridad. Puede que entonces pensara que solo era eso.

Cuando ocurría, utilizaba una técnica que debió de parecerme infalible durante años. Giraba el cuerpo en la cama hacia la pared que tenía a un lado y mi hombro servía como barrera para ocultar la puerta de mi habitación, que dejaba siempre abierta por las noches, justo en la pared opuesta. Si no veía la puerta, la puerta no existía. Y si no existía la puerta, el peligro, fuera cual fuese, no entraría jamás por allí. A veces me parecía oír pasos por la casa y la madera del suelo crujía como si las tablas intentaran hablar; otras, imaginaba a alguien allí mismo, en el umbral, mirándome fijamente, sin moverse. Pero si no veía la puerta, oculta por mi hombro, aquello no era real. Sin embargo, cuando el miedo era ya incontrolable, no tenía más remedio que buscar ayuda.

«¡Mamá! ¡Mamá!».

Sin moverme de esa posición, al principio solo era capaz de susurrar, pero poco a poco aumentaba el volumen hasta gritar. Pura supervivencia.

«¡Mamá! ¡Mamá!».

Cuando ella se acercaba a mi cuarto, y solo cuando ponía su mano en mi hombro, podía liberar mi cuerpo de aquella postura que era como una jaula diminuta o un ataúd que me impedía moverme. Entonces me hacía el fuerte. «Me duele la cabeza», «Me pica la garganta», «¿Me habrá sentado mal la cena? Tengo un dolor de barriga...». Excusas. Me limitaba a decir lo primero que se me ocurría en ese momento, pero jamás reconocía la verdad: tenía miedo. Miedo. Tanto, que era incapaz de dormir. Necesitaba a alguien allí conmigo, aunque fuesen unos segundos, porque a veces las noches parecían durar días enteros.

Mi madre iba a la cocina y volvía con un vaso de agua, o me esperaba sentada en mi cama, con la luz del pasillo encendida, hasta que terminaba de deshacerme del miedo en el cuarto de baño.

No sabría decir cuántas noches ocurrió. Fueron muchos años así. Ni siquiera soy capaz de imaginar qué se le pasaría por la cabeza a mi madre todas aquellas veces. Nunca se lo pregunté. Jamás hablamos de eso, como de casi nada. Lo que sí recuerdo es cuándo y cómo terminó.

Aquella noche mis padres habían salido a cenar. No era nada habitual en ellos. Aun así, aceptaron la invitación de unos conocidos. Por entonces yo tendría ya unos catorce o quince años y con esa edad se supone que uno no tiene más remedio que ocultar determinadas cosas. Y el miedo era una de ellas. Solo había que disimular, no me quedaba otra opción, y aprendí rápido a hacerlo, y cada vez mejor. Era finales de junio y me quedaban un par de exámenes para terminar el curso. Llevaba varias semanas estudiando sin parar. Mañana, tarde y noche. La presión por aprobarlo todo, por no defraudar a mis padres y por seguir siendo ese que todos esperaban de mí, comenzaba a ahogarme. Era como una de esas cubas de agua que alguien coloca debajo de un canalón para que, cuando llueve, el agua caiga dentro y se vaya almacenando para utilizarla después. Pero a veces llega un punto en que cae tanta que solo se necesita una sola gota más para que la cuba desborde. Y yo llevaba años almacenando miedo.

Aquella noche comenzó a subirme la fiebre, pero eso lo supe más tarde. No recuerdo la hora; sí, en cambio, que estaba en la misma posición de siempre, contra la pared, y con el hombro izquierdo ocultando el origen de cualquier peligro. Me había quedado dormido, o tal vez mi temperatura me hizo creer que lo estaba. Entonces comenzaron los ruidos en casa. Oía voces, pero no entendía ni una sola palabra; la madera crujía, pero el sonido era diferente al de otras ocasiones; me pareció ver luces rojas, a ratos verdes, que se encendían y apagaban y que hacían que la sombra de mi perfil se dibujara contra la pared hacia la que mi cuerpo estaba girado. Si pensé o no que podían ser mis padres de regreso de la cena no está entre mis recuerdos. Puede que la fiebre no me dejara ni siquiera pensar. Solo tenía que gritar y todo aquello terminaría, pero no me dio tiempo. Alguien encendía y apagaba la luz del pasillo de forma intermitente imitando los destellos de una discoteca, y mi habitación se iluminó como cuando el sol de verano se cuela con fuerza en casa en cuanto levantas la persiana. Aquella luz era tan cegadora que me llegaron a doler los ojos. No tuve más remedio que girarme hacia la puerta, y entonces lo vi. Era mi padre, pero a la vez no lo era. Aquella figura enmarcada por la puerta tenía la misma altura que mi padre, su mismo contorno; aquel cuerpo era exactamente igual al suyo, vestía la misma ropa con la que había salido de casa junto a mi madre unas horas antes, aunque era incapaz de recordarla con seguridad. Incluso la cara era la misma cara de mi padre, pero al mismo tiempo no lo era. En ella no había ojos, sino unas cuencas enormes, oscuras, como si fueran charcas vacías con la tierra reseca y negra, y su boca era inmensa. Abierta como estaba, parecía una gruta excavada en una roca de la que salían sonidos que no identificaba, palabras que no entendía. Eran gruñidos, eran algo así como gritos cuyo eco resonaba en mi cabeza, que parecía que iba a estallar de un momento a otro.

«¡Mamá! ¡Mamá!».

No dejé de gritar mientras me incorporaba en la cama hasta sentarme. Utilizaba la sábana como única defensa contra aquella figura deforme de mi padre que seguía parada en la puerta, cerca de mi cama, encendiendo y apagando la luz y haciendo ruidos extraños con la voz.

Mi reacción debió de ahuyentarlo. Lo que parecía mi padre se movió de repente. Abandonó su posición estática en la puerta y desapareció por el pasillo, de donde surgió ella, que encendió la luz de la habitación y vino corriendo hacia mí.

«¡Mamá! ¡Mamá!».

Como me ocurrió con ella, también soy incapaz de imaginar qué se le pasaría por la cabeza a mi padre aquella noche al ver mi reacción. Tal vez él pasó más miedo que yo. Nunca se lo pregunté. Tampoco a mi madre. Esperé a que a la mañana siguiente alguien mencionase lo sucedido, que alguno de los dos pudiera darme alguna explicación. Tan solo mi madre me preguntó si me encontraba mejor. Quizá habían llegado borrachos, algo bastante improbable, y les daba vergüenza que los hubiese descubierto. O tal vez mi padre solo pretendió ser gracioso. El caso es que jamás volvimos a hablar de aquello, como de casi nada.

Poco después de pulsar el llamador de la cabecera de la cama de mi padre, Ronca entró en la habitación. Había llamado con tanta insistencia que llegó corriendo, con la respiración agitada.

—¿Qué ha pasado? —dijo nada más encender la luz.

Se acercó a la cama, colocó la palma de la mano en la frente empapada de mi padre y volvió a pulsar ella misma el llamador. Lo hizo como yo, con insistencia.

—Tiene muchísima fiebre —le dije—. Le ha subido de repente.

A los pocos segundos, entraron otras dos enfermeras —Muda era una de ellas— y se colocaron junto a Ronca, que me miró y me dijo:

—Déjanos solas un segundo, por favor.

Esperé fuera, en el pasillo, que a esas horas solía estar desierto. Cuando me mandaban salir de la habitación, el tiempo se hacía pesado, como el olor de aquel lugar. Se oían algunos televisores encendidos, conversaciones lejanas, las quejas de algunos enfermos o los ronquidos de otros.

Muda salió al pasillo y al rato volvió empujando un carro con cajas de plástico y, en la parte inferior, una pequeña bombona de oxígeno... No servía de nada preguntarle qué estaba pasando o si todo iba bien allí dentro. Cuando lo hacía, se limitaba a levantar las cejas. El maldito silencio de hospital.

Esperé inmóvil hasta que Ronca salió al pasillo.

—La fiebre no baja —me dijo—. Necesitamos llevárnoslo. Te pido, por favor, que estés tranquilo. No es grave, pero es importante que actuemos cuanto antes.

¿Llevárselo? ¿Adónde? ¿Actuar cuanto antes?

Habíamos pasado de estar tan tranquilos en la habitación, mi padre y yo, a que ahora Ronca me dijera todo aquello.

—Vas a tener que esperar aquí. —Me cogió de un brazo para apartarme y dejar espacio para que las otras dos enfermeras sacaran la cama sobre la que iba mi padre con la máscara de oxígeno tapándole la cara.

¿De qué hablaba aquella mujer? ¿Qué estaba pasando?

Vi los ojos de mi padre entreabiertos, pero en su estado imagino que sería incapaz de verme. Quizá lo que viese ante él era a mi yo deforme, como yo vi al suyo aquella noche de junio.

Algunos pacientes salían de sus cuartos al oír el alboroto mientras caminaba junto a las enfermeras, que arrastraban la camilla con mi padre pasillo adelante.

—Aunque quieras, no puedes venir con nosotras.

Fueron las últimas palabras que me dirigió Ronca. En esa ocasión, más graves, más roncas de lo habitual.

Lo único que yo quería era que no se llevaran a mi padre como habían hecho con Ángel.

Tuve que salir a la calle para respirar un aire diferente al de aquel hospital. Bajé las escaleras del edificio sin cruzarme con nadie y me senté en uno de los últimos peldaños. Mis pulmones agradecían hasta el humo de los pocos coches que aún pasaban por allí a esas horas, en plena madrugada.

Me giré para mirar la mole de hormigón de la que acababa de escapar. En algunas de las ventanas había luz. Dentro, pensé, habría personas tumbadas en las camas o hablando con los acompañantes, o puede que algún enfermo estuviera solo y a punto de morir, como le sucedió a Ángel, sin que nadie estuviese allí para despedirlo. Al apagarse alguna de aquellas luces, imaginaba el cuerpo de una de esas personas elevándose sobre la cama, levitando a tan solo unos centímetros de las sábanas, y después, como si fuera un globo de helio que intentase huir de aquel mal sueño de estar ingresado, salía por la ventana y se elevaba hasta desaparecer en algún punto de un cielo oscuro y sin estrellas, que era como la boca abierta de un animal hambriento. Ni vida, ni cuerpo ni nada. No quedaba nada. Soledad, vacío y oscuridad. Y silencio.

Regresé a la habitación antes de que se apagaran todas las luces. Debí de quedarme dormido en la butaca en algún momento. Al despertarme, estaba amaneciendo y la luz de la habitación seguía encendida, tal como la dejé nada más entrar por si alguien desde fuera estaba mirando el edificio con la esperanza de que alguna de aquellas luces no se apagara nunca.

A medida que avanzaban los minutos, el hospital parecía despertarse poco a poco. Algunos de los pacientes salían al pasillo para pasear y se mezclaban con las enfermeras en una especie de coreografía improvisada. De entre todos los participantes de aquella puesta en escena surgió Ronca. Fui hacia ella, que decidió esperarme al ver que me acercaba.

—¿Se muere? —le pregunté.

—Creo que vas a poder bajar a verlo enseguida. No ha pasado el médico a avisarte todavía, ¿verdad?

Eso ocurrió poco después. Antes de que el médico nos alcanzara allí mismo, en el pasillo, Ronca se despidió de mí con un «habla con él, no pierdas el tiempo». Me lo dijo acelerando el ritmo de su voz, como si estuviera tapando con tierra aquellas palabras.

—¿Me acompaña?

La voz del médico era como un chorro de agua que se mezclaba con las últimas palabras de Ronca, y en mi cabeza se creó una especie de lodo que me impedía contestar. Recorrí el pasillo a su lado, a unos centímetros de distancia, sin dejar de pensar en lo que acababa de decirme aquella mujer.

Estábamos uno a cada lado y entre nosotros, en medio de nuestros cuerpos, el cristal, un muro infranqueable que me impedía acercarme a mi padre, hablar con él o abrazarle. Era como si por primera vez en mi vida hubiese sido consciente de que entre nosotros había una pantalla transparente que nos había mantenido alejados, pero a la que no había querido prestar atención hasta que nos la habían colocado allí, en aquel hospital al que solo iba cada vez que tenía que decir adiós a alguien. Me resistía a que todo terminara así, sin más. La impotencia se había extendido como una metástasis por todo mi cuerpo. Quise romper el cristal o gritar tan fuerte hasta que estallase en pedazos para liberar todo aquello que había sido incapaz de contarle y que me estaba ahogando.

Entendí que el tiempo se acababa. Había esperado tanto tiempo ajeno a la fugacidad de los días, a la velocidad de las horas, como si creyese que no íbamos a desaparecer nunca, como le ocurrió a mi madre, que terminé por quedarme sin oportunidades. No tenía ya ni una sola para ser valiente, para aparentarlo al menos, pasara lo que pasara. Por mi padre, pero sobre todo por mí.

Mi padre no era más que un cuerpo casi inerte al que me prohibieron acercarme.

Si mis padres estuvieran muertos, todo sería más fácil.

Me estallaba la cabeza, mi corazón se saltó un latido, notaba un hormigueo en las manos, que seguía teniendo apoyadas en el cristal. A veces el dolor es transparente; llegas a ver, a vivir, a sentir a través de él, pero eso no quita para que siga estando ahí, marcando los límites. Sentí cómo el calambre me recorría las piernas y bajaba hasta las plantas de los pies. Y quise salir corriendo de allí.

Siempre fui un buen corredor. Durante años les hice creer a todos que corría para quedar en primera posición en las competiciones a las que nuestra profesora de educación física nos obligaba a apuntarnos, o para conseguir los mejores tiempos en las pruebas que puntuaban para nota. Debía ser el mejor; eso fue lo que me hicieron creer desde pequeño. Huir del fracaso. Pero el verdadero fracaso fueron todos esos años de miedo a hablar, a contar quién era. Ahora lo sé; ahora sé que el fracaso fue de quienes me hicieron pensar que ser como era, ser quien era, no bastaba. Y en realidad, por aquel entonces, corría para huir, sí, pero lo hacía para escapar del tiempo, para alejarme de mí mismo. A veces salía de casa y me ponía a correr sin motivo, cada vez más rápido. Corría entre la gente, esquivando los coches; atravesaba calles, avenidas y parques y allí me cruzaba con quienes también habían decidido acelerar. Por mucho que me doliesen las piernas, aunque notase que las plantas de los pies iban a agrietarse, no dejaba de hacerlo. Corría hasta sentir dolor en el pecho, un calambre que me hacía sentir vivo, como si fuese yo quien le dijese al corazón cuándo debíamos parar y no al contrario. Como si, al hacerlo, pudiera salir de mi cuerpo, abandonarlo, alejarme de su fragilidad.

Siempre fui un buen corredor, pero nunca me sirvió de nada.

El calambre que me recorría el cuerpo subió hasta los pulmones y estuvo a punto de fulminarme cuando al volver a la habitación de mi padre encontré allí a Tom.

Se levantó de la butaca en cuanto entré por la puerta.

—¿Cómo está tu padre? —me preguntó.

—Se lo han llevado a cuidados intensivos.

—Lo siento.

Hubo un silencio breve pero muy incómodo.

—¿Y cómo estás tú? —volvió a preguntarme.

Estábamos de pie, él junto a la butaca y yo sin poder moverme de la puerta. Pero esa vez no quise perder más tiempo. Me acerqué y le dije que era yo el que lo sentía, que me disculpara por haberme comportado como un imbécil, por haber huido de la cafetería como un crío egoísta y sin darle la opción de explicarse.

—Tenías motivos suficientes para hacerlo, tranquilo —contestó.

Me puso la mano en un hombro y yo sentí que el calambre subía de los pulmones hasta el cuello.

—Lo he leído —me dijo señalando con la cabeza la mesa en la que había dejado mi manuscrito, el que olvidé en la silla de la cafetería.

El calambre llegó a mi cabeza y, antes de hacerla saltar por los aires, Tom me dijo:

—No tienes que preocuparte por nada. Siento que hayas tenido que pasar por todo eso tú solo. Así que todo lo malo que hayas podido pensar de mí te aseguro que está más que justificado. Fui un egoísta y te hice daño; más del que nunca hubiese llegado a imaginar. Siento muchísimo que Tom, ese Tom del que hablas en el libro, se comportara como un cabrón contigo en Londres. Eres muy valiente por haber sido capaz de escribir todo eso. Podías haber contado la misma historia sin cambiar algunos nombres y sin poner en boca de otros lo que todos te hemos hecho. No es ese personaje el que ahora viene a pedirte perdón, sino que quien lo hace es el Tom real, el Tom cabrón. Por eso estoy aquí, porque el hijo de puta que has camuflado entre las páginas de ese manuscrito contribuyó a seguir destrozando tu vida. Te hice creer que por fin eras libre, que podías confiar en otra gente y que podías aceptarte tal como eras. Y te hundí más. Y volví a hacerlo el otro día cuando te conté lo de Mel. Y lo siento. Lo siento de verdad. Sabía que no ibas a responder a mis mensajes ni a mis llamadas. Por eso necesitaba venir aquí y volver a vernos para pedirte perdón.

Nos abrazamos sin decir nada. Al separarnos, le conté que si había empezado a escribir todo aquello era porque esa era la única forma que tenía de poder gritar sin que nadie me escuchara y el único modo de poder contarle todo a mi padre, tal como le había prometido a mi madre.

—El manuscrito era para él y me lo dejé en esa cafetería.

—Siento que pasara así, pero no sabes cuánto me alegro —respondió Tom.

—Está entre las novelas finalistas de un premio que se entrega este viernes.

—¿Y él no lo ha leído todavía?

—Ese es el problema.

—Creemos que siempre habrá tiempo para todo y, cuando llegamos a la estación, el tren se ha ido sin nosotros.

Y, visto lo visto, yo los había dejado pasar todos.

—Mañana es la fiesta en el museo del Prado. —Tom sacó una tarjeta de su cartera—. Pedí una invitación a tu nombre. Entiendo que no te apetezca mucho ir, pero si cambias de opinión…

Le di las gracias cuando me la tendió.

—Tengo que marcharme —dijo, y volvió a pedirme perdón antes de salir al pasillo.

Nunca entendí la costumbre de mi madre por hacerme fotos. Para ella era una especie de rito de congelación de mi cuerpo, una manera de mantenerlo en propiedad para siempre. Después, casi todas acababan en álbumes que pocas veces mirábamos y que estaban guardados en uno de los armarios de la sala de estar que casi nunca se abrían. Allí era donde mi madre guardaba las copas de cristal y una vajilla completa de porcelana que reservaba para ocasiones especiales y que pronto dejó de estar de moda. Ni siquiera sé si llegó a utilizar todo aquello alguna vez. Cuando abríamos esos armarios para buscar algo dentro, aparecían los álbumes, prácticamente olvidados.

En algún momento mi madre dejó de comprarlos y, sin ningún tipo de orden ni sentido, se limitaba a meter las fotos que seguía revelando sin parar entre las páginas de los que ya tenía por casa. Cuando rebuscaba entre todas ellas, siempre aparecía la que me hizo en mi catorce cumpleaños. Apoyado en el tronco de un árbol, con el pelo húmedo y sujetando una tarta cuadrada en las manos con las velas aún encendidas. Llevaba puesta una camiseta naranja de algún equipo de fútbol que desconocía. Fue el regalo de uno de mis tíos y su mujer y era la misma que llevaba también mi primo. Aunque él era mayor que yo, nos llevábamos solo ocho meses y con aquella ropa parecíamos más hermanos que primos. Éramos como esos gemelos cuyos padres los visten como si fuesen la misma persona.

Mi camiseta acabó en uno de los contenedores de basura aquella misma tarde sin que nadie se diera cuenta. Lo hice después de robar uno de los cigarrillos que mi tío, el que me la regaló, fumó durante la celebración de mi cumpleaños en los merenderos del pueblo, junto al río, donde mis primos y yo nos bañábamos cada tarde en verano. Rescaté la colilla a medio terminar del cenicero que mi tío hizo con el papel de aluminio que mi abuela había colocado sobre los platos con queso, embutido y las tortillas de patata. Me alejé del grupo hasta perderlos de vista y, sentado detrás de una pequeña roca, di mi primera calada profunda a aquel cigarrillo medio apagado. Tosí tanto que salió disparado de mis dedos hasta la camiseta. Intenté apartarlo de un manotazo, pero la brasa ya había agujereado la tela naranja a la altura del pecho. Lo último en lo que pensé fue que la colilla pudiera seguir encendida en el suelo. Temía más al fuego que mis padres echarían por la boca si me descubrían que al incendio que podía arrasar con aquel merendero si se prendía la hierba reseca y abrasada por el sol. Me quité la camiseta y busqué el contenedor más alejado. Al volver junto a mi familia, me puse la camiseta de mi primo, que entonces estaba dándose un chapuzón.

En aquellos álbumes también había fotos de los carnavales con los compañeros de clase en el colegio. A mi madre eso de tener que disfrazarnos le parecía absurdo. Sin embargo, siempre acababa sacando la cámara de fotos. Había madres que pasaban horas cosiendo trajes para sus hijos; la mía, en cambio, rescataba alguno que ya se había utilizado en mi familia. En una de aquellas fotos salgo con un disfraz de arlequín que se puso una de mis primas años antes. Era un traje compuesto por una camiseta y un pantalón mitad rosa, mitad verde, de modo que, al ponértelo, la parte de la derecha del cuerpo quedaba de un color y la izquierda de otro. Era ridículo. Mi madre decidió ponerme la camiseta del revés para romper con la simetría, dijo, y hacerlo más original. Doblemente ridículo. Tuve que aguantar las burlas de medio colegio durante parte de la mañana hasta que terminé dándole la vuelta al disfraz para intentar restablecer el orden natural de los colores, la simetría y mi reputación, pero eso no quedó registrado en ninguna de las fotos.

De lo que hay pocas imágenes en esos álbumes es de nuestras vacaciones los tres juntos. Nada raro teniendo en cuenta que eso ocurrió en dos ocasiones, tres como mucho.

La primera vez que fui de vacaciones con mis padres tenía siete años. Alquilaron un apartamento en un edificio antiguo y oscuro cerca del centro de Oporto en el que las hormigas tenían colonizado el cuarto de baño. Habían creado un carril que las conducía en línea recta por las juntas de las baldosas del suelo. Después subían por los azulejos marrones de la pared hasta alcanzar la bañera y desaparecían por el desagüe oxidado. Las hormigas, que formaban una especie de río negro, comenzaron a desperdigarse por todo el apartamento cuando mi padre abrió el grifo de la ducha y empezó a disparar contra ellas como si estuviera de caza con mi abuelo. Algunas resbalaban en la bañera intentando sobrevivir a aquella repentina tormenta que acababa de provocar mi padre, pero al final desaparecían por el desagüe arrastradas por el agua. Otras, las que no habían alcanzado la bañera, al ver que el carril por el que debían circular se desvanecía, comenzaron a moverse en todas direcciones huyendo de una muerte segura.

Una de las fotografías de aquel viaje que mi madre guardó en los álbumes fue la que me hizo de pie en uno de los sofás del salón, solo con un calzoncillo blanco puesto y descalzo, con la boca abierta y apuntando con la mano derecha al cuarto de baño, ese lugar fuera de la imagen desde donde salía la marabunta que terminó invadiendo el apartamento.

En algún momento mi madre dejó de hacerme fotos y la vida se paró para siempre dentro de aquellos álbumes. Los cuerpos se congelaron. Dejamos de crecer.

Fui consciente del tiempo que había pasado cuando vibró mi teléfono en el bolsillo. Alguien acababa de mandarme un correo electrónico. Era la chica de pelo azul y piel tatuada, la que me había hecho las fotos para el premio y que no envié a Hélène. Para verlo mejor, encendí el ordenador y busqué entre los correos no leídos. Allí estaba:

¡Hola! ¿Qué tal? Soy Sandra, del estudio de fotografía de Alonso Martínez. No sé si pudiste ver las fotos que hicimos el otro día y que te mandé por correo. Al no decirme nada, me daba cosa por si no las habías recibido bien. Espero que sí y que te sirvan. ¡Y que te gusten, claro! Ya me dices algo. Un saludo.

Años después de que mi madre dejara de hacerme fotos, fui yo quien había pagado a alguien para que volviese a hacerlo.

Me había olvidado por completo de ellas. Decidí pagarle a la chica en cuanto terminamos la sesión, sin ver el resultado. Me dijo que esperase a que me las enviara para pagárselas, pero insistí y dejamos el asunto zanjado aquel mismo día. El mensaje que me enviaba contenía un enlace directo a un apartado de la página web del estudio desde donde se podían descargar las imágenes. Al pinchar sobre él, se abrió otra ventana en el ordenador repleta de fotos en las que salía yo en distintas poses como en una especie de mosaico: en color, en blanco y negro, horizontales, verticales. Era imposible que alguien viese desde el pasillo del hospital lo que estaba haciendo. Aun así, eché un vistazo a la puerta varias veces para vigilar a los que cruzaban por delante en el pasillo o si, de repente, a alguna enfermera le daba por entrar en la habitación.

Pasé las fotos una a una, viéndolas en detalle, como si aquel que aparecía en ellas fuese otro y no yo. Puede que tal vez pasara eso. Sin embargo, poco a poco fui consciente de que aquella chica había conseguido captar algo en mí que me hacía descubrir mi propia vulnerabilidad en cada imagen.

Me reconocí en cada una de las fotos.

Era yo.

Las fotografías solo muestran parte de una historia. Es precisamente en la parte oculta, en la que no se ve, donde podemos encontrar un recuerdo importante. Pero también es ahí, en lo que no se muestra, donde puede estar lo doloroso de esa historia.

Durante meses, el dueño de un estudio al que solía llevarme mi madre para que me hiciera fotos —el mismo que se encargó del reportaje de mi primera comunión— decidió poner una imagen mía en su escaparate, a la vista de todos los que pasaban por allí. Aquel negocio estaba dentro de un centro comercial siempre lleno de gente. En la fotografía expuesta se me veía la cara y parte de los hombros. Un retrato, una especie de busto, en el que se adivinaba una camisa color granate que mi madre me había comprado hacía poco y que estrené aquel mismo día para ir al colegio.

Lo que nadie supo nunca, ni siquiera mi madre, es que justo aquella mañana, durante el recreo, horas antes de que el fotógrafo se pusiera delante con su cámara, fueron otros los que ya habían disparado contra mí. No sé si decidieron hacerlo porque mi camisa les resultaba ridícula, como aquel disfraz de arlequín que no tuve más remedio que llevar mal puesto por decisión de mi madre. Cuando conseguí zafarme de sus burlas y empujones, intenté disimular las manchas y las arrugas de la camisa para que mi madre no se diera cuenta de nada. Mojé la tela con agua y la puse después bajo el aire caliente de los secadores del baño para que las manchas desaparecieran del todo. Cuando fue a recogerme, le conté que me había caído al suelo jugando al fútbol. Más complicado resultó disimular lo que había debajo de la tela arrugada. Marcas en el pecho, en un hombro y en las piernas de un color muy parecido al de aquella camisa recién estrenada.

Todo lo que no se veía en la foto también formaba parte de ella.

No volví a pasar por delante de aquel estudio. Si iba al centro comercial, intentaba alejarme lo más posible del escaparate. Si mis padres decidían pasar por allí para ver mi foto expuesta, me inventaba algo para escapar hasta el baño o les decía que los esperaba en otra parte.

Aquel fotógrafo acabó cerrando el estudio un tiempo después. Me lo contó mi madre, que, de un día para otro, vio cómo aquel negocio había desaparecido. Y, con él, mi foto.

Fue Ronca la que me dijo que mi padre seguiría, como mínimo, un día más en cuidados intensivos y que era una tontería quedarme en el hospital. Era la primera noche en seis días que iba a poder dormir fuera de aquella habitación. Ni siquiera me dejaron volver a verlo antes de irme.

Recogí el ordenador y guardé en la funda el manuscrito que había dejado Tom en la mesa. Pero, antes de hacerlo, arranqué varios capítulos.

Al salir al pasillo intenté localizar de nuevo a Ronca. La vi hablando con otra mujer delante de una de las habitaciones y esperé a que terminara. «¡Mar!», me imaginé gritando su nombre. Cuando se quedó sola, me acerqué a ella sin dejar de caminar por el pasillo y le dije algo así como: «Me voy a casa. Pasaré la noche allí. Vuelvo por la mañana». Y antes de que pudiera contestarme nada, como quien trafica con papelinas en esquinas le pasé las hojas dobladas que acababa de arrancar. Ronca se quedó parada con los papeles en la mano y yo seguí pasillo adelante sin volverme en ningún momento.

Cuando entré en casa, el silencio me golpeó la cara, como si una bolsa de aire caliente estuviera esperándome al otro lado de la puerta. Fue algo parecido a lo que sentí al llegar a mi apartamento después de despedir a mi madre por última vez, porque fui consciente de que su cuerpo iba a quedarse bajo tierra para siempre.

Dejé el ordenador en el suelo, junto al sofá, y me tumbé en él. No comí nada en toda la tarde, y a pesar de la sed, ni siquiera hice el esfuerzo de levantarme para ir a la cocina a por agua. Quería que pasara el tiempo, pero, a la vez, que se detuviera, que no hubiese pasado tan rápido o que todo hubiera sido de otra forma. Pero ya no había vuelta atrás. Si en cuarenta y ocho horas no era capaz de hablar con mi padre y contarle la verdad, no habrían servido de nada todos esos años de silencios absurdos. Si no ganaba el premio, todo podría seguir igual que hasta ese momento, pensé. Y nadie tendría por qué enterarse de nada. Ni siquiera mi padre. Pero sabía muy bien que eso no era lo que quería en realidad. En menos de dos días el Círculo de Bellas Artes se iba a llenar de escritores ansiosos de reconocimiento, de libreros, de lectores, de periodistas, de editores, y yo debía estar entre todos ellos. No quería (ni tampoco debía) dejar a mi padre solo en el hospital a saber en qué condiciones para ir a la entrega de un premio que tal vez ni tuviese posibilidades de ganar. Si elegían mi manuscrito y lo publicaban, tendría que inventar cómo contárselo a mi padre. No

quería ni imaginar qué pensaría la gente al ver el libro publicado o, peor, al leerlo. Me preguntaba una y otra vez por
qué se me había ocurrido enviar el manuscrito. ¿Quién me
mandaría hacerlo?

Me desperté en algún momento durante la noche. No sabía dónde estaba, como si el salón de mi casa hubiese cambiado mientras dormía. Durante algunos segundos estuve sumido en una especie de ensoñación. Mi mente enviaba señales a mis piernas, pero no se movían. Quería levantarme, mover los brazos, abrir y cerrar los puños, como si estuviera despertando a mi cuerpo de una especie de trance después de una clase de meditación. No funcionaba nada. Ninguna de mis órdenes tenía resultado. Mi cuerpo parecía haberse quedado congelado, como si aquella escena fuera una fotografía de mi madre de la que me era imposible salir; era parte del sofá, un cojín más. Inmóvil de cuello para abajo, solo podía mover los ojos. Derrotado, me limité a observar cada centímetro de aquel lugar que me costaba reconocer. En algún momento, mi vista llegó al suelo, junto al sofá, donde seguía el ordenador. La pantalla se había apagado de forma automática, pero había una pequeña luz verde que parpadeaba cada poco, como si aquel piloto fuese marcando mis constantes vitales, la única prueba de que mi cuerpo seguía con vida.

De pronto pude mover un pie. Respiré aliviado. Seguía vivo y mi cuerpo parecía responder a mis señales. Moví el otro y doblé una rodilla al tiempo que levantaba un brazo, el más próximo al ordenador. Al dejar caer la mano desde el sofá, debí de tocar el teclado, porque la pantalla se iluminó de repente. Era una luz cegadora, como esa que dicen haber visto quienes han estado a punto de morir. En cierta manera, me parecía estar en ese túnel, a punto de atravesar alguna frontera desconocida.

Consulté la hora y vi que eran casi las cinco de la tarde. Hice un cálculo rápido del tiempo que llevaba dormido y me pareció una eternidad teniendo en cuenta que había llegado a casa la tarde anterior, cuando ni siquiera el sol se había puesto. Mi cuerpo, por alguna razón, había decidido apagarse de forma automática, como la pantalla de mi ordenador, para consumir la menor energía posible, pero con la suficiente potencia para mantenerse con vida. Podría haber muerto en el sofá, pensé, y nadie se habría dado cuenta. Ni siquiera sentí un mínimo de lástima o preocupación al pensarlo.

Me incorporé. Lo hice despacio hasta quedarme sentado, con la espalda y la cabeza apoyadas en el respaldo. Me notaba pesado, como si alguien durante aquella larga desconexión me hubiese inyectado cemento en vena. Tenía la boca seca; la lengua parecía un trapo embarrado que se hubiese secado al sol. Llegar hasta la cocina me parecía un reto imposible.

El teléfono móvil seguía sobre la mesa, tal como lo había dejado antes de la hibernación. Ningún mensaje, ninguna llamada. Tampoco del hospital. Nada. Eso solo podía significar una cosa: que todo iba bien.

Quedaban apenas cuatro horas para la fiesta del museo del Prado a la que me había invitado Tom. Barajé las posibilidades de ir. Podría pasarme un rato, pensé, y, desde allí, ir directamente al hospital para pasar la noche con mi padre. La segunda opción era ir primero al hospital para confirmar que todo estaba bien y, desde allí, ir al museo. Pensar en que tendría que planchar una camisa y comprobar que alguna de las americanas estaba en condiciones de usar suponía ya un esfuerzo considerable. Pero antes debía levantarme del sofá.

Al hacerlo, sentí un pinchazo tremendo en la tripa, como si alguno de mis órganos se hubiese petrificado durante aquella siesta eterna y al moverme se hubiera resquebrajado. Era un dolor paralizante que me impedía incluso ponerme de pie por completo. Justo en ese momento identifiqué el punto exacto, el origen de aquel ardor interno. Venía de la parte baja de la tripa, como por debajo del estómago y por encima de la pelvis. Supe que solo había una forma de librarme de él, pero en ese momento llegar al baño suponía el mismo esfuerzo para mí que subir cualquier montaña de la cordillera de los Andes. Era eso o la muerte. Que yo recuerde, esa fue probablemente la vez que más tiempo pasé orinando.

Si alguna vez hubo una razón de por qué me meaba en la cama, nunca llegué a saberlo. De un día para otro, no recuerdo cómo ni por qué, aquello desapareció.

Fui uno de esos niños que amanecen con las sábanas mojadas. Es una sensación tan humillante que el único deseo que uno tiene es que alguien te encuentre muerto sobre la cama por la mañana.

Hubo un tiempo en que era imposible controlar la situación. Las fases eran siempre las mismas: me iba a la cama, me dormía y, al despertarme, el colchón era una especie de esponja húmeda sobre la que mi cuerpo parecía flotar. Aquello fue cambiando con el tiempo. Las dos primeras fases eran idénticas, pero justo antes de la última aparecía una nueva: soñaba que empezaba a mearme. A veces lo hacía allí mismo, sobre la cama. Otras, soñaba que, tras levantarme de ella, iba directamente al baño, que me sentaba incluso en la taza y entonces empezaba a orinar. Visualizaba la vejiga hinchada como un globo lleno de agua que de repente estalla. También veía salir a chorro el pis. Asistía a aquel ritual desde fuera, como si mi cuerpo se desdoblase de alguna forma y mi yo despierto estuviese observando a mi yo dormido sobre la cama o sentado en el retrete. Era tan real aquel sueño que en el momento exacto en que el pis comenzaba a salir, mi yo despierto volvía a mi yo dormido sobre la cama y comenzaba a sentir el calor de la orina en las piernas. Pero nunca conseguía despertarme. Al hacerlo por la mañana y notar la humedad a mi alrededor, comprobaba que la situación había traspasado la frontera de lo onírico. Y entonces volvía a estar en la última de las fases.

Lo siguiente que ocurrió, años después, fue que durante esa nueva fase, la del sueño, a veces era capaz de identificar el problema al momento: era consciente de que estaba soñando que me meaba. Entonces mi cerebro recibía la señal y me sacaba de golpe de aquel estado, justo antes de que comenzara a descargar. En algunas ocasiones llegaba tarde, cuando el proceso ya había comenzado, pero las sábanas empezaron a estar cada vez más secas, hasta que un día, ese que no recuerdo, mi cerebro fue capaz de lanzar alguna señal a otra parte de mi cuerpo para identificar que aquel sueño recurrente no era más que el principio de un problema.

Por alguna razón, dejé de hacerlo; no volví a mearme en la cama. Nunca conseguí saber cómo lo logré. Imagino que para poder sobrevivir el cuerpo también se harta de sí mismo, de sus costumbres, incluidas todas esas ridículas e imposibles de interpretar.

No he vuelto a soñar que me meo estando dormido en la cama. Sin embargo, muy de vez en cuando sueño que estoy sentado en el retrete y que empiezo a hacerlo. El sueño se prolonga durante varios minutos, o eso creo, igual que el chorro de pis. A veces llega a ser interminable. En ese momento soy plenamente consciente de que estoy soñando. Me doy cuenta incluso de que es imposible que una persona pueda estar tanto tiempo orinando. A pesar de estar dormido, sé que no es más que eso, un sueño, y que ya no existe un yo despierto a mi lado observando la escena. Aun así, cuando abro los ojos por la mañana, instintivamente paso las manos por encima de las sábanas, como si hiciera un ángel sobre la nieve, para asegurarme de que ese miedo, al menos ese, está bajo control.

A veces llegamos a un lugar determinado sin saber muy bien cómo lo hemos hecho. Los expertos lo llaman «conducción subconsciente» cuando ocurre mientras se conduce un vehículo. Hemos podido hacer más de una veintena de acciones, pero cuando apagas el motor, y solo en ese preciso momento, eres consciente de que has llegado allí donde querías. Al parecer, si no contásemos con esa percepción subconsciente no podríamos vivir, porque nuestro cerebro sería incapaz de focalizarse en cada uno de los estímulos que percibe.

Algo así debió de ocurrirme aquella tarde en la que, de pronto, me vi de pie frente a la escalinata lateral del Prado. Aunque empezaban a percibirse algunas estrellas en el cielo, este seguía conservando parte de luz. Quedaba al menos una hora para que la oscuridad cubriese completamente la ciudad, pero los focos que instalaron en el exterior del edificio parecían anunciar que la noche no iba a llegar nunca. Unas luces fijas ancladas a las paredes dibujaban un paseo sobre el suelo que habían recubierto con una tela roja, lisa y brillante como una gargantilla de seda, y que desaparecía escaleras arriba hasta la entrada, más allá de las columnas de piedra. Otras, en movimiento, describían formas ovaladas en el aire al ritmo de una música que apenas se oía desde fuera, pero que parecía sobrevolar el edificio, como un halo fantasmal, un canto lejano de sirena que se mezclaba con el leve barullo de las conversaciones de la gente que paseaba por el exterior del museo y se paraba a observar lo que allí ocurría.

—¿Me permite su acreditación?

Seguía sin ser consciente de cómo había llegado hasta allí cuando oí la voz de una mujer. Reparé en ella. Vestía de negro riguroso, traje de pantalón y chaqueta, y un pequeño pañuelo rojo alrededor del cuello, como una extensión de la alfombra que iba a pisar en tan solo unos segundos. Su sonrisa, me fijé, era tan amplia que parecía no tener fin.

Busqué la tarjeta que me había entregado Tom y casi no hizo falta mostrársela para que me diera la bienvenida con un movimiento amplio del brazo derecho, como si esparciera polvos mágicos en el aire.

—Siga la alfombra. Nada más entrar a la derecha está el ropero, por si desea dejar algo. Que disfrute de la noche.

Le di las gracias agachando la cabeza y cerré un poco los ojos, como si de repente estuviese en Japón y el único modo de comunicarme con ella fuera a través de los gestos.

Era el mismo recorrido que había hecho en tantas ocasiones, pero sentía que aquella era la primera vez que entraba en el museo, como si con cada pisada fuera construyendo un camino inexistente hasta ese momento. La alfombra amortiguaba el sonido de mis pasos. Los pies del ladrón pisando una moqueta. Así me sentía. Levanté la vista y vi las columnas de la entrada iluminadas. Todo se movía a una velocidad tres veces inferior a la habitual. Oía la música del interior como si estuviera bajo el agua hasta que se fue haciendo más nítida a medida que me iba acercando a la parte alta de la escalera. Las puertas estaban abiertas y el acceso estaba flanqueado por otras dos personas, un hombre y una mujer, con la misma sonrisa amplia y tirante que la de su compañera al inicio de la alfombra. Saludé de nuevo agachando la barbilla y ellos, de forma simétrica, me invitaron a pasar haciendo una especie de semicírculo en el aire con las manos.

Me fijé en el espacio que se abría ante mí. Aquella entrada circular era tan imponente como una catedral. Los techos altos del Prado siempre me habían fascinado hasta el punto de poder pasarme horas contemplándolos o haciéndoles fotos. Las columnas dispuestas en círculo estaban iluminadas de tal forma que parecían guardar lava en su interior. De pronto sentí calor, como si me quemara estar cerca de aquellas piedras que recibían la luz directa. Habían despejado la galería central, donde varios grupos de personas hablaban entre sí con copas en las manos. Desde mi posición parecía que habían salido de los cuadros y tomaban vino para celebrar que por fin podían conocerse en persona después de años y años encerrados detrás de miles de pinceladas sobre el lienzo. Los camareros iban y venían entre todos ellos, con bandejas repletas de copas. Di unos cuantos pasos hasta la entrada del pasillo y aproveché que uno de ellos pasó cerca de mí para coger una copa de vino blanco. Imaginaba a Tom entre toda aquella gente, pero a simple vista no conseguía verlo. Lo que sí notaba eran las miradas de algunos de los invitados, que me analizaban de arriba abajo, como si en vez de ser uno de ellos, fuese alguien de la calle que se hubiera colado en la fiesta. Recordé mi primera fiesta en la sala de réplicas del Victoria and Albert, en la que coincidí con Tom y en la que todo lo que me rodeaba no era más que una réplica de la realidad. Percibía una sensación extraña, como si la gente que tenía delante no fueran personas de verdad, tampoco sus gestos, que sus besos en el aire al saludarse fueran parte de una sobreactuación, lo mismo que las carcajadas que se mezclaban con la música y el sonido de las copas al entrechocar. Decidí caminar entre la gente y acercarme a la sala 012, una de mis favoritas del museo. Me movía deprisa, como demostrando a quien me cruzaba que tenía un destino concreto. Justo antes de llegar se hizo un silencio y vi cómo los invitados se dirigían hacia la misma sala que yo. En el centro, sobre una tarima de madera del mismo color que las paredes, de un verde como las hojas del eucalipto, habían colocado un piano de cola, negro, inmenso. Alguien acababa de sentarse frente a él en un pequeño taburete. Pude avanzar un poco más entre los invitados que trataban de acceder a aquella sala cuando la música comenzó a sonar.

El museo contaba con un invitado estrella. Lang Lang, uno de los pianistas más importantes del mundo, era el encargado de amenizar la velada delante de los cuadros de Velázquez. Reconocí algunas de las piezas que tocó porque a veces, mientras escribía, escuchaba su música. *Las meninas* miraban atentas. En realidad, parecían mirarme a mí, como preguntándome qué hacía allí. En los ojos de cada una de aquellas pinturas veía los ojos de mi madre, y los de mi padre. Vi los de Claire, y los de Nicole, aquellos ojos mezcla de naranja y gris imposibles de olvidar.

Noté una mano en el hombro izquierdo. Al volver la cabeza, vi a Tom pegado a mí, haciéndome un gesto con el índice en la boca. El silencio había cubierto la sala como agua en una piscina repleta. Me giré y lo seguí unos metros hasta el pasillo central, en esos instantes vacío. Era la primera vez que paseaba por allí sin nadie alrededor.

—Impresiona, ¿eh?

El susurro de Tom resonó en mi cabeza. No podía dejar de pasear por aquella galería observando los cuadros que tantas veces había visto. Parecían diferentes; más grandes, incluso.

—El museo está cerrado. Podemos ir a donde quieras —dijo mientras sacaba una autorización del bolsillo.

—¿Podemos ver el *Jardín de las delicias*?

Seguí a Tom por los pasillos y bajamos varios tramos de escaleras. Nuestras pisadas resonaban contra el suelo como si estuviéramos en un teatro vacío. Poco después estábamos delante del tríptico del Bosco. La luz era muy tenue, parecía que estaba amaneciendo en aquella sala; también en el cuadro, al que no podía dejar de mirar.

—Es impresionante.

Fue todo lo que conseguí decir después de un rato en silencio. Tom había retrocedido unos pasos, casi hasta el inicio de la sala.

—Es uno de mis preferidos del museo —dije mirando de nuevo el tríptico—. Pero siempre está rodeado de gente.

—Puedes estar aquí todo el tiempo que quieras.

Tras un rato en silencio, Tom volvió a hablar:

—¿Cómo sigue tu padre?

Me di la vuelta.

—No lo sé, Tom —respondí—. Ni tampoco sé qué hago aquí. Debería estar en el hospital, con él.

—Pero allí no puedes hacer nada. ¿Sigue en la UCI?

—Sí. Me dijeron que si había algún cambio, me avisarían.

Volví a contemplar el cuadro. Y le di las gracias a Tom.

—Gracias, ¿por qué?

—Por este regalo —contesté sin apartar la mirada del tríptico.

—Ojalá todo fuese tan fácil como esto.

Había empezado a caminar hacia el cuadro, y cuando estuvo a mi lado, volvió a hablar:

—¿Crees que todos estamos ahí? —Levantó la barbilla hacia la pintura.

—No te quepa la menor duda.

Nos reímos sin dejar de admirar la obra.

—¿Y crees que habrá alguna forma de redimir nuestros pecados?

—Ya sabes lo que dicen: el tiempo.

—¿Volveremos a vernos alguna vez?

—No lo sé.

Justo en ese momento pensé en mi padre, y recordé una vez más los ojos inocentes de *Las meninas* mirando las manos del pianista. Y los de mi madre. Y los de Nicole, siempre a punto de entrar en erupción. Miré a Tom y él me devolvió la mirada.

—Creo que debería marcharme —le dije.

Él asintió con la cabeza.

—Gracias por venir —dijo susurrando.

—A ti, por invitarme.

—Claire me dio recuerdos para ti.

—¿Está aquí?

—No. Sigue en Londres. Le habría encantado venir aquí. Y verte. Le conté lo de tu padre, espero que no te importe. Me dijo que te diera un abrazo muy fuerte de su parte.

No había vuelto a hablar con Claire. Dejar Londres de aquel modo me distanció de ella como de todo lo que había vivido allí.

—Le escribiré para darle las gracias.

—¿Volverás por Londres algún día?

—Supongo. No lo sé.

—Te estaremos esperando. Será un placer vernos todos juntos por allí de nuevo.

Me acerqué a él con los brazos abiertos y captó mi intención al instante. Estuvimos abrazados hasta que el silencio comenzó a pesar tanto como el cuadro que colgaba en la pared junto a nosotros.

—Espero que seas muy feliz —me dijo—. Y que de verdad puedas perdonarme algún día.

Apreté un poco más los brazos alrededor de su cuerpo, como si quisiera detener el tiempo y que ambos fuésemos dos protagonistas más del cuadro del Bosco; dos pecadores que, de algún modo, habían intentado saldar sus cuentas sobre la Tierra antes de caer para siempre en el más oscuro de los infiernos.

—Cuídate, Tom. Espero que todo te vaya muy bien.

—Y a ti.

—Tengo que volver al hospital.

Mientras recorríamos los pasillos en silencio, de fondo escuchábamos el leve rumor del piano que seguía sonando en la sala 012 junto a los cuadros de Velázquez. Tom me acompañó hasta la salida, donde algunos de los invitados aprovechaban para tomar el aire y seguir con sus conversaciones. Esperamos allí juntos hasta que llegó el taxi que él había pedido para mí. Antes de separarnos, Tom me agarró la mano derecha y entrelazó sus dedos con los míos. La primera vez que salimos juntos a cenar hizo el mismo gesto cuando me dejó en el portal de mi bloque de apartamentos al despedirnos. Era de noche y no había ni un alma por la calle. Aun así, recuerdo haber mirado en todas direcciones cuando noté que me apretaba la mano. Pero esta vez, junto a las escaleras del museo, ni siquiera reparé en quienes estaban a nuestro alrededor fumando, bebiendo o hablando. Esta vez fui yo quien apretó su mano. A pesar de vivir en una ciudad como Madrid, donde nadie se habría fijado en un gesto tan inocente como aquel entre dos hombres, arrastraba el peso del pueblo de mis abuelos, que era también una roca en la espalda de mis padres, donde el simple roce de la piel de dos manos podía desencadenar comentarios en voz baja o miradas altivas. Por ese motivo, no fue hasta entonces cuando, por primera vez, fui capaz de hacerlo, de aferrarme a su mano sin miedo, como si fuese un ancla, sin sentir el temblor incómodo que solía recorrerme el cuerpo igual que la infección circulaba por la sangre de mi padre. Quizá fue ese el momento exacto en que aquella herida comenzó a cerrarse.

Las luces naranjas del taxi parpadeaban en la calle, junto al hotel Ritz, e iluminaban intermitentemente parte de su fachada. Una vez dentro, vi a Tom arriba de la escalinata, solo, moviendo la mano como quien espera en el puerto a que el buque comience a moverse. A medida que el taxi se alejaba, él se hacía más pequeño, como el museo, hasta ser un punto casi irreconocible a través de la luna trasera y, finalmente, desaparecer.

A veces las personas son lugares a los que ir, pero no siempre se cruzan en nuestro viaje cuando corresponde, o tal vez lo hacen cuando ni siquiera estamos preparados para encontrarnos. Eso fue Tom durante meses. Para mí, Londres era Tom y Tom era Londres. O así lo creí. Y cuando esas personas desaparecen, por la razón que sea, como lo hace el frío tras el invierno, dejan de ser lo que son. ¿Qué se hace, entonces, con todo lo que uno siente por aquellos que ya no son un lugar al que ir?

Durante aquel tiempo, yo solo quería gastar cada minuto junto a Tom porque eso, estar con él, era lo más parecido a existir; podía ser yo mismo. La ciudad se vaciaba si estaba a su lado porque, por primera vez, mi prioridad no eran los demás, sino él, y yo, los dos, como sombra y luz. Todo con él me parecía poco: las horas del día, las noches sin dormir, los kilómetros hasta la costa más alejada de aquella ciudad... Sin embargo, las ciudades también cambian y desaparecen, como desaparecen las personas que son lugares a los que ir.

No recuerdo que pasáramos por ninguna calle, ni que adelantáramos a ningún otro coche, ni que nos detuviéramos en ningún semáforo. Yo seguía en el museo del Prado, y la música del piano de Lang Lang sonaba en algún punto dentro de mi cabeza. O quizá estaba en Londres, en el Soho, cenando en un restaurante chino, o sentado en la butaca de algún teatro, o en Hyde Park, con Nicole, hablando de libros.

De pronto, el taxista anunció que habíamos llegado al hospital.

Fue bajar del taxi y verla. No podía creer que estuviese allí. No era muy tarde; aun así, a esa hora la entrada del hospital estaba despejada, salvo por aquella figura en mitad de la escalinata, como la estatua de un buda meditando, sin nadie alrededor.

—¿Nicole?

Se levantó y vino corriendo hacia mí. Pude sentir cómo la sangre corría a borbotones por mi cuerpo cuando me abrazó. De pronto noté calor en la cabeza, en los brazos, en los dedos, en el pecho, en las piernas.

—Estás *très* guapo, *mon ami!* —dijo en su habitual mezcla de idiomas.

No podía dejar de abrazarla. Todo el calor me subió a los ojos.

—¿Qué haces tú aquí?

Nos separamos y del bolso que llevaba colgado sacó una foto. Era la que nos habíamos hecho en Londres los dos juntos, la misma que yo le había enviado en el correo electrónico junto con el manuscrito de la novela.

—No lo sabes, *mais tu es très courageux* —susurró.

«Valiente».

Esa fue la palabra que utilizó.

Negué moviendo la cabeza a los lados. Sus ojos habían vuelto a entrar en erupción. Tenían un brillo especial, como si al fondo, en mitad de sus pupilas, hubiese una luz, el anuncio de que algo iba a ocurrir en cualquier momento.

—Y tú estás loca —le dije intentando no llorar.

Me agarró la cara con las dos manos y dijo en voz alta:

—*Pas de peur*. No hay que tener miedo. *Et je suis içi* para ayudar.

Al llegar a mi piso, cargamos con el colchón y lo colocamos en el suelo, en mitad del salón. Nicole se tumbó allí y yo me quedé en el sofá. Así pasamos toda la noche, hablando sin parar.

Antes de dejar el hospital, pregunté si era necesario que me quedase allí por si había algún cambio en el estado de mi padre. Esa noche Practicanta tenía guardia. Fue a la que abordé en cuanto la vi cerca de la habitación, de la que había salido mi padre y a la que esperaba que regresara cuanto antes. «Tendría que preguntar, pero estoy casi segura de que todo sigue igual», me dijo. «Si hubiese habido algún cambio, te habrían avisado». Y le pareció buena idea que me marchara a casa. Las enfermeras tenían mi teléfono, aclaró. En caso de que ocurriese algo urgente, me lo dirían. Pasar la noche con Nicole en aquella habitación vacía no era la mejor opción, para ninguno de los dos, pero especialmente para ella, que había viajado desde París y supuse que le apetecería descansar en casa. Pero apenas pegamos ojo.

Habían pasado casi diez años desde la primera y última

vez que nos habíamos visto en persona en Londres, aquella tarde en Hyde Park. Y aunque mantuvimos el contacto por correo electrónico meses después, nuestras conversaciones se fueron espaciando en el tiempo hasta congelarse en algún momento, como ocurre con los glaciares. Pero ella era un volcán que, sin apagar su rugido, parecía haberse dormido. Sin embargo, en sus entrañas aún aguardaba una inmensa energía que desencadenaría una nueva erupción. Una vez más.

Me contó que Louise y ella seguían juntas y con planes de futuro, entre los que estaba la opción de ser madres. Llevaban unos meses distanciadas físicamente desde que la empresa de Louise le había ofrecido formar parte de un nuevo proyecto que habían puesto en marcha en Ámsterdam. Si todo iba según lo previsto, volvería a casa antes de Navidad. Pero para eso quedaba casi medio año, y pensé en la de cosas que podrían ocurrir durante esos meses. Sin embargo, todas se diluyeron cuando fui consciente de que faltaban apenas cuarenta y ocho horas para que mi futuro más inmediato, al menos ese, fuera una realidad sobre la que ni siquiera me había parado a pensar.

Le conté que ese mismo viernes se fallaba el concurso.

—*That's why I'm here, my darling!* —dijo.

Y le recordé que, si mi libro se alzaba con el galardón, su publicación sería inminente.

—Eso... *c'est merveilleux!*

Imaginaba millones de calificativos para definir lo que podría suponer ese hecho y «maravilloso» no estaba entre ellos.

Me contó que había venido para cumplir varios objetivos. Uno era ayudarme a derribar el muro que habíamos levantado entre mi padre y yo sin apenas mover un brazo. Ni siquiera yo era capaz de comprender por qué me veía incapaz de hacerlo, por qué lo había sido hasta entonces teniendo en cuenta que ante mí tenía a un padre vulnerable y que ni siquiera era el ogro al que muchos otros hijos tienen que enfrentarse en situaciones similares a la mía. Quizá porque en mi familia también fuimos silencio. Su silencio, el de mi padre, como el de mi madre, o como el mío, tal vez se le enquistó, se convirtió en una herida seca que seguía escociendo bajo la piel. Y ese silencio, como la vergüenza de no ser capaz de acabar con él, es como la basura en la casa de quien la acumula y acumula durante años sin ser consciente de que la enfermedad, como la podredumbre y el mal olor, acabará arrasando con todo. Mi madre se fue siendo silencio, y cuando mi padre y yo quisimos deshacernos de él, como de la vergüenza o el miedo, ya era demasiado tarde. Nos habíamos acostumbrado a su acumulación, que nos daba seguridad, o eso debimos de pensar, aunque, en realidad, los dos sabíamos de sobra, como también lo supo mi madre, que aquello nos provocaba aún más dolor.

El segundo de los objetivos que habían traído a Nicole hasta Madrid lo cumpliríamos al día siguiente, me dijo. Pero antes consideró oportuno descansar al menos un par de horas.

La conversación se fue apagando al tiempo que el sol brillaba con más fuerza en las calles. Cerré las contraventanas del salón para evitar la luz y así nos quedamos dormidos.

No me di cuenta hasta unos minutos después.

La madera de la silla donde tenía apoyados los pies estaba manchada de alquitrán. No olía, tampoco se veía nada si conseguía colocar mis zapatillas de forma estratégica. Y eso hice. Me pasé la clase de guitarra sin mover las piernas, tratando de que la profesora no pusiera sus ojos allí. Por eso le hice más preguntas que nunca; quería que estuviese pendiente de si colocaba bien los dedos en los trastes para conseguir los acordes correctos y evitar delatarme.

De vez en cuando, mientras ella rebuscaba entre las partituras de su carpeta alguna canción en particular, yo desviaba la vista hacia mis pies y, al moverlos un poco, veía aquella masa negra, brillante y viscosa, como un puñado de cucarachas aplastadas.

Poco antes de llegar, había pasado por una calle en la que unos operarios estaban acondicionando las aceras y, al cruzarla, pisé una zona con gravilla negra de alquitrán amontonada que utilizaban para rellenar los desniveles. Arrastré esa mancha negra en las suelas de las zapatillas hasta la casa de la profesora sin darme cuenta. Y parte de ella se quedó allí, en aquella silla, en aquella madera. Pegada, como la culpa o el miedo se pegan a los pulmones, a los intestinos, al pelo, entre los dedos, a cada latido del corazón.

No volví a aquella casa, donde la silla se quedó manchada, con y por mi culpa y mis miedos. A la siguiente clase nunca fui porque fue aquella tarde cuando me quedé sin guitarra, sin posibilidad de defenderme y casi sin nariz.

Cuando abrí los ojos, el piso estaba en silencio. Resonaba, de fondo, el murmullo de las calles, pero al incorporarme en el sofá vi que Nicole no estaba. Esperé unos segundos por si oía algún ruido en la cocina. Nada. Silencio. El mundo parecía haberse detenido.

Me habría hecho un favor.

Miré la hora en el móvil y eran las once y diez de la mañana. Las contraventanas seguían cerradas y opté por dejarlas así, como si la oscuridad pudiese protegerme de algo.

Estaba en el baño cuando sonó el timbre.

—*Pour la guitare* —dijo Nicole levantando una bolsa de cartón que llevaba en una mano cuando le abrí la puerta. Levantó enseguida la otra, con un paquete de papel marrón arrugado—. *Et ces* churros... —soltó con su acento francés—, *pour le petit-déjeuner!*

No recuerdo la última vez que mi padre llegó a casa con churros. Debió de pasar algún domingo de invierno de aquellos en los que levantarse tarde, más allá de las once, era toda una aventura para un niño pequeño.

Quizá esa vez, la última, lo fue precisamente porque mi madre solía ver siempre el lado negativo de todo. Si había churros en la cocina, pero eran las once, ya era tarde para comerlos. Y más si estaban fríos. Yo miraba los churros y a mi madre de forma alternativa, indeciso durante unos segundos por si debía caer en la tentación y coger un par de ellos para mojarlos en el ColaCao o seguir las instrucciones que me lanzaban los ojos de mi madre sin apenas moverse. Elegir cualquiera de las dos opciones iba a causar una decepción, como un pequeño desgarro en una tela.

Supongo que detalles como esos, sumados en conjunto, eran como diminutas pavesas incandescentes que acaban por provocar un incendio en mitad de un pinar reseco por el sol.

Más de una vez vi cómo los churros pasaban de aquellos

conos de cartón grasiento sobre la mesa al cubo de plástico donde solíamos tirar los restos de comida para los perros, si no directamente al de la basura.

Nunca más hubo churros en domingo para desayunar.

Aunque hacía bastante calor, Nicole y yo comimos la docena de churros como dos niños pequeños, sin remordimientos.

Acordamos volver a vernos para cenar por el centro. Hasta entonces, yo pasaría el día en el hospital a la espera de algún avance en la situación de mi padre y ella haciendo fotos por la ciudad.

Estaba leyendo en la sala de espera cuando una de las enfermeras me avisó: el médico me buscaba.

Se giró hacia mí en cuanto atravesé el umbral de la puerta. Busqué en su rostro alguna señal de aquello que estuviese a punto de salir por su boca, algún resquicio de esperanza de que, fuese lo que fuese, iban a ser buenas noticias. Aquellas milésimas de segundo de espera se me hicieron semanas enteras, meses.

—La medicación ha funcionado —dijo.

Tuve que sujetarme a la barra de plástico a los pies de la cama vacía, junto a la de mi padre, vacía también.

—Y la fiebre ha remitido. —Levantó la vista para mirarme—. Pero está muy débil.

Cuando vio que no iba a ser capaz de articular ni media palabra, continuó hablando:

—Si todos los parámetros siguen como están ahora, mañana podríamos traerlo de nuevo a planta —me explicó, ahora ya sin mirarme, mientras revisaba lo que fuese entre los papeles que sujetaba en las manos.

No recuerdo si llegué a darle las gracias o si conseguí verbalizar un simple «adiós» cuando el doctor salió por la puerta tras rozarme levemente el hombro con la mano que tenía libre. En la otra llevaba todavía los informes que parecían anunciar que pronto podría volver a ver a mi padre.

Sobre las siete de la tarde recibí un mensaje de Nicole con una ubicación. Había reservado una mesa para dos en un pequeño restaurante de Malasaña con grandes ventanales que durante los meses de primavera y verano permanecían abiertos de par en par.

Estaba sentada, esperándome, junto a una de esas cristaleras. Levantó una copa de vino blanco en cuanto cruzamos nuestras miradas. Su sonrisa enseguida me transmitió tranquilidad. Nada más alcanzar la mesa, se levantó y abrió los brazos, donde me acomodé unos segundos.

—Tus ojos *disent que tout va bien* —dijo en voz baja.

Le conté lo que acababa de explicarme el médico y, antes de sentarnos, miró hacia la barra, en la entrada del restaurante, y levantó de nuevo su copa mientras, con la otra mano, hacía un gesto al camarero, que al poco trajo dos copas que rellenó de vino blanco.

—*Alors*, hay que *célébrer*. —Alzó la copa llena—. *Tu dois célébrer* las buenas noticias.

Después de cenar paseamos por la Gran Vía antes de la puesta del sol, que decidimos ver juntos desde el Templo de Debod. Los jardines estaban llenos de gente: grupos de amigos que habían quedado para pasar aquella tarde veraniega, otros paseaban a sus perros, niños pequeños perseguían las palomas, un corredor que estiraba sus piernas en uno de los bancos de piedra, una chica de rasgos asiáticos tocaba el violín y, a su alrededor, un grupo de unas veinte personas la escuchaban atentamente. Todo parecía estar ordenado, tranquilo, como si no hubiese por qué temer una posible erupción o la sacudida de un terremoto. Intenté dejarme llevar por aquella tranquilidad mientras veía desaparecer el sol por el horizonte, hasta que aquella enorme bola naranja fue engullida por el extenso bosque de la Casa de Campo. Quedaban todavía un par de horas para despedir un día más de aquel verano caluroso en Madrid, y yo ya tenía puesta la mente en la mañana siguiente, en el hospital, en la cama vacía de mi padre, con las sábanas de nuevo arrugadas y con su cuerpo de vuelta en aquel colchón.

Ya en casa, Nicole me enseñó las fotos que había hecho. Reconocía aquella ciudad en la que habían pasado tantas cosas en los últimos días, pero al mismo tiempo era como si fuese otro lugar, uno nuevo. Me gustaba ver los edificios, las calles y la gente pasear por ellas, los parques... Quería verlo todo a través de sus ojos; allí, donde parecían entrar en erupción todos los volcanes.

No había salido todavía el sol cuando empecé a subir las escaleras del hospital. Esperaba que a lo largo de la mañana alguien me dijese que había llegado el momento en que mi padre volvía a su habitación, a aquella cama que en la última semana se había convertido en su propio mundo, y un poco en el mío también. Necesitaba verlo allí de nuevo, que todo volviese atrás, al momento justo antes del colapso, como si de ese modo quisiera recuperar un tiempo perdido que jamás regresaría.

La cama de al lado seguía sin ocupante, tal vez por poco tiempo. Las camas de hospital suelen ser lugares concurridos. Aquellas sábanas estaban a punto de arrugarse de nuevo. Imaginaba a un padre, mi padre, de vuelta con más barba, menos kilos y más miedos.

Sí. Ahora sé que los miedos también se heredan, como la deriva de los cuerpos. Algo, en algún lugar, en cualquier momento, ya ha decidido por ti: jugará con tu tono de piel, con el tamaño de tus pies, con la longitud de los dedos de tus manos, con tus canas, con tu cuerpo y con la velocidad a la que se moverá. La de mi padre se había acelerado y ralentizado en cuestión de días, como lo habían hecho mis pulsaciones. Su cuerpo, y el mío, a punto del derrumbe, de la erupción. Así llevábamos horas y horas entre aquellas cuatro paredes de la habitación. Y allí regresaba, una vez más, a por mi padre, como hizo él más de una vez conmigo.

Sería un miércoles o, tal vez, un jueves. Ya ni recuerdo la fecha, porque por entonces vagabundeaba por aquella ciudad como quien deambula por el desierto, desorientado, sediento de salvación. Sin apenas comer ni cenar, así pasaba los días. El desayuno lo obviaba, por supuesto, para no tener que encontrarme con ellos, con aquella masa de veteranos hambrientos de venganza y cargados de una testosterona asfixiante que obstruía hasta los desagües de un edificio viejo, tanto o más que el crucifijo que presidía la pared principal de la entrada.

Así fueron las primeras semanas de universidad en la residencia infecta a la que tuve que recurrir para alojarme en una Zaragoza de la que desconocía hasta su basílica. Nunca hasta entonces había ido a aquella ciudad en la que me imaginaba cumpliendo una de mis máximas de adolescente: ser otra persona. O parecerlo. O ser yo, en realidad. O, al menos, intentarlo. Y no se me ocurrió nada mejor que intercambiar un Madrid bullicioso por una Zaragoza que creía cercana a las puertas de una Europa luminosa, pero que resultó ser asfixiante, como el calor en una plaza sin árboles un diez de agosto. A pesar de que allí contaba con la ventaja de no conocer a nadie y que nadie me conociese, no fue, ni de lejos, la mejor de mis decisiones. Era deliberadamente consciente de cada uno de mis gestos, de que mi mirada no se desviase hacia donde no tenía que hacerlo en los instantes en los que eso no debía ocurrir, también de mi tono de voz, de cada una de las palabras que salían por mi boca, y de cómo lo hacían, con la cadencia y el aplomo que consideraba necesarios en cada momento. A pesar de todos mis esfuerzos, debía existir algún mínimo resquicio por el que se filtraba algo que a los demás parecía servirles como justificación suficiente para llevar a cabo sus planes.

Pasé poco más de dos semanas en aquellos pasillos de habitaciones con puertas entreabiertas y dinteles humeantes, pero sentí que los siglos caían uno detrás de otro sobre mis pies, impidiendo que mis dedos pudieran moverse un solo centímetro para salir de allí lo antes posible.

Mi corazón se saltaba un latido cada vez que oía ruido al otro lado de la pared, los cuchicheos detrás de mi puerta, tal vez la única que se cerraba del todo, o en los baños, al fondo del pasillo, pasados todos aquellos cuartos bulliciosos. Era el único novato en mi planta, la última del edificio, lo cual deduje que tampoco era casual. Hasta allí no llegaba el ascensor, no para mí, un recién llegado que lo único que tenía que entender desde el principio era quién mandaba allí; una asignatura que no había elegido entre las optativas en mi matrícula, pero que resultó ser la más importante de las troncales. Allí mandaba quien mandaba y no obedecer tenía consecuencias inmediatas.

Dejé de bajar a desayunar cuando, al segundo día, volvieron a decirme que yo solo podría comer aquello que sobrara después de que los veteranos, la mayoría de aquella masa residencial, hubiesen terminado su festín. Pero no se referían a lo que quedara en las bandejas que las cocineras colocaban en los mostradores, que instalaban juntando varias mesas y que cubrían con aquellos manteles de un tono burdeos apagado, como de túnica de obispo jubilado. No. No se referían a lo que sobrara en las bandejas de metal con la fruta, el pan, las botellas de leche, los sobres de café, las mermeladas y los bizcochos, supuestamente caseros, que jamás llegué a probar y que las cocineras ponían al lado de platos, vasos y cubiertos. No. No se referían a las sobras de todo eso, sino a lo que quedase en los platos salpicados de saliva y repletos de migas de un pan que aquellos veteranos roían como ratas gigantes en Bangkok. Mientras lo hacían, me obligaban a observarlos, a mirar cómo engullían e intercambiaban miradas de una complicidad propia de neandertales.

—Aquí tienes tu desayuno, chaval —me dijo el que tenía enfrente mientras masticaba el último bocado de un pan que había bañado previamente en aceite de oliva.

Sus dedos seguían pringosos e imprimió sus huellas en el plato que arrastró por la mesa hasta mi sitio. En él, las migas tostadas del pan que acababa de engullir, la piel de un plátano maduro, repleto de golpes oscuros, y dos recipientes pequeños de plástico que poco antes estaban llenos de mantequilla y mermelada. Encima de todo ello, un tenedor tan pringoso como sus dedos y un cuchillo con restos de la mermelada de fresa. Pensé en clavárselo en mitad de la garganta, pero el escándalo y especialmente la humillación sería aún mayor que la que me había hecho vivir. Miré el plato y, acto seguido, lo miré a él un segundo que a mí me parecieron tres meses. Las risas a mi alrededor empezaron a estallar en mis oídos, reverberando como un órgano en la bóveda de una catedral. Ni siquiera llegué a tocar el plato. Me levanté y me dirigí hacia la salida del comedor.

—Ni se te ocurra coger el ascensor —dijo en voz alta el que acababa de pasarme los restos de su comida—. Las nueve plantas, a patita, que hay que bajar el desayuno.

El comedor volvió a prorrumpir en risas. Mientras caminaba hacia la puerta para llegar al recibidor, buscaba entre las caras a algún otro novato de las demás plantas, pero no identifiqué a ninguno; quizá habían sabido adaptarse a una velocidad inimaginable o estaban rebañando su propia vergüenza en aquellos platos vacíos.

Pensé que, una vez atravesada la puerta del comedor, encontraría cierta calma al dejar atrás a quienes tenían más que ensayado un papel que repetían curso tras curso. Pero nada más hacerlo, uno de los curas que regentaban la residencia (porque decir «vigilar» sería incorrecto, y «garantizar la convivencia sana», una falacia) me espetó:

—Aquí venís para hacer nuevos amigos. No hay que tomarse nada de esto en serio. —Mantenía una sonrisa socarrona mientras se dirigía a mí—. Solo hay que aguantar unos días y luego seréis inseparables, ya verás.

No supe si empujarlo contra la pared o rezarle al cristo que colgaba en la cruz a pocos metros de nosotros para que obrase un milagro que consiguiera hacerlo desaparecer de allí en ese mismo momento. No le contesté, ni siquiera hice un gesto de aprobación, disimulo o cortesía. Nada. Pasé de largo y enfilé hacia el noveno piso, escalón a escalón, hasta llegar a mi cuarto, donde entré unos segundos para coger varias pertenencias: la chaqueta, para abrigarme un poco en caso de tener que pasar la noche en algún sitio diferente a aquella habitación; las gafas de sol, para que nadie por la calle viera la desesperación en mis ojos, y un par de libros, por si los días se hacían interminables y necesitaba encontrar respuestas.

Durante aquellas primeras jornadas en la residencia ocurrieron más cosas, algunas parecidas a las del desayuno, y otras, sin duda, más humillantes. Mi estancia allí se estaba volviendo insoportable. Cuando mis padres me llamaban por la noche para interesarse por mis primeros días en la facultad, yo no entraba en demasiados detalles y les contaba que tal vez esperaba otra cosa de aquella carrera, que todo apuntaba a que quizá no iba a encajar en ella porque las asignaturas trataban temas tan variopintos que no sabía si alguna de ellas iba a servirme para aquello a lo que en verdad quería dedicarme, que no era otra cosa que escribir ficción, huir de una realidad que ya había aplastado a demasiada gente y contra la que aún quedaba algún reducto. Y la literatura era uno de ellos.

Sin embargo, no pude prolongar mucho aquellas excusas con mis padres. Las bromas —así calificaban aquellas barbaridades los sacerdotes que iban y venían por los pasillos— fueron aumentando de intensidad, y por más que decidí pasar el mínimo tiempo posible en el edificio, cuando aparecía por allí, la masa me estaba esperando. Tal vez mi decisión de no participar de sus bromas y cerrar con llave la habitación por dentro fue lo que desató a la jauría, al no esperar una respuesta así. Solo cuando constaté que aquello no traería más que problemas, telefoneé a mis padres para pedirles que, por favor, fueran a buscarme.

El impacto de aquellas palabras, o quizá el tono de mi voz, supuso un trueno inesperado en el cielo de Madrid, a kilómetros de distancia, porque esa misma noche los dos se presentaron, con su coche, frente a las puertas de la residencia. Nunca había visto aquella mirada en los ojos de mi padre. En ella había una especie de temor, angustia, odio y miedo mezclados con un deseo de venganza; había una oscuridad profunda en la que cabían unas veinte residencias de aquel tamaño, con todas sus escaleras y pasillos.

No sé si fue un miércoles o tal vez un jueves cuando abandonamos la residencia entre las miradas incrédulas de los que, hasta ese momento, se creían invencibles y que nos observaban desde las puertas de sus habitaciones. Y posiblemente lo fueran, porque no se les podía negar su insistencia en conseguir el que tal vez fuera su objetivo. Pero yo solo necesitaba respirar, y allí, en aquella habitación, en aquel comedor, en aquellos pasillos y bajo la mirada de aquel cristo crucificado, lo único que encontraba era alimento para la serpiente que me asfixiaba y que, en mitad de la madrugada, de camino a Madrid y con el coche repleto de maletas, volvía a enroscarse en mi cuello hasta casi ahogarme.

Si mis padres estuvieran muertos, todo sería más fácil.

Abrí un poco la ventanilla para que el aire me golpease la frente y cerré los ojos, deseando que, al abrirlos, nada de aquello hubiese sucedido.

Miraba la hora en el móvil de forma compulsiva cada pocos minutos y estos apenas parecían avanzar; minutos que eran como mañanas enteras. No había desayunado nada en casa, tampoco había pasado por la cafetería del hospital antes de subir a la habitación, donde de un momento a otro esperaba reencontrarme con mi padre. Los retortijones que sentía en la tripa no eran de hambre, sino más bien de prisa, angustia y miedo, todo mezclado. Sin embargo, cuando el teléfono vibró entre mis manos y vi el nombre de Hélène en la pantalla, el miedo y la angustia superaron a las prisas.

Tardé cuatro o cinco tonos en coger la llamada. Cuando lo hice, no me dio tiempo ni a contestar; la voz de Hélène sonó como si la tuviera de pie a mi lado.

—¿Preparado? —Las erres resonaron en mis oídos.

En apenas unas horas se fallaba el premio. Hélène no me dejó ni responder; ni siquiera yo tenía una respuesta clara a su pregunta. Continuó hablando para pedirme que estuviese al menos una hora antes en el Círculo de Bellas

Artes, donde, a las siete de la tarde, se iba a conocer el nombre del ganador.

Comencé a sudar. La camiseta que llevaba puesta se me pegó al pecho y a la espalda. Me acerqué a la puerta de la habitación y salí al pasillo, como para buscar el aire que me faltaba.

—Necesitamos que los finalistas estéis allí a esa hora —dijo—. Sé que serás puntual. Te espero.

Y colgó sin dejarme articular una sola palabra.

Todos esperábamos: Hélène esperaba de mí una puntualidad británica, yo esperaba una respuesta por parte de los médicos, que mi padre regresara a aquel pasillo, a su habitación, a aquella cama con las sábanas estiradas.

Todo comenzó a dar vueltas en el hospital. Los zuecos del personal sanitario resonaban cada vez más fuerte, la gente caminaba por los pasillos a un ritmo frenético, las voces, neutralizadas en mi cabeza, sonaban lejanas, con eco, como almohadilladas, sostenidas en un lugar o en un tiempo que no era en el que yo estaba viviendo en ese instante, oía el sonido de algún teléfono, conversaciones entrecortadas, carros en movimiento, puertas que se cerraban de golpe...

Volví a mirar la pantalla del teléfono.

Hora y media.

Quedaba hora y media para estar en la segunda planta de aquel edificio de la calle Alcalá donde mi libro podría resultar ganador.

No tenía ni el traje ni la mente preparados para afrontar aquello. No sin ver antes a mi padre, sin hablar antes con él.

Estaba intentando visualizar el pantalón y la americana que guardaba en mi armario cuando Muda apareció a mi lado. No hizo falta que abriese la boca para entender que mi padre estaba a punto de volver. Había algo en su mirada, en su sonrisa tímida que la delataba.

Y así fue. Menos de cinco minutos después, vi una camilla acercarse al fondo del pasillo. La arrastraba una enfermera, y al lado, junto al hombre al que traían y del que solo veía la silueta de sus pies debajo de las sábanas, caminaba Ronca. Unas cuantas habitaciones antes de llegar a la nuestra, vi cómo esta buscaba entre las sábanas blancas la mano del que se suponía que era mi padre. Fueron apenas décimas de segundo, pero me pareció que la mano de mi padre también buscaba la de la enfermera y se fundían en un gesto fugaz, pero que me conmovió como un cielo iluminado por fuegos artificiales. Ella se inclinó hacia él y le susurró algo al oído. Poco después, ya a mi lado, Ronca fijó sus ojos en mí y habló con una media sonrisa mientras yo buscaba ver la cara de mi padre:

—Bueno, ya estamos de vuelta. Ponemos la cama dentro y os dejamos solos. —Y me guiñó un ojo como si yo fuera su compañero en una partida de mus.

Me aparté un poco para despejar la puerta; me movía como flotando, sin ser muy consciente de lo que ocurría. Cuando Ronca dejó la cama en su posición, me fijé en mi padre, que parecía un ser inerte tumbado boca arriba, con los ojos cerrados y la boca entreabierta. Me vino a la mente Ángel, el hombre que había ocupado la cama de al lado unos días antes. De forma instintiva, giré la cabeza para mirar aquella cama vacía, con las sábanas tersas, como un guante de látex; una cama que esperaba un nuevo cuerpo, una historia más, otra soledad compartida. Deseaba no tener que conocer a nadie más, que pudiésemos salir de allí cuanto antes, no ver esa cama deshecha una vez más, ni tener que escuchar cómo alguien desconocido utilizaba la ducha en la que estaba seguro de que mi padre había llorado en más de una ocasión.

La voz de Ronca resonó a mi lado y me sacó de golpe de aquellos pensamientos:

—Tendrás que esperar un poco para hablar con él. Puede que todavía tarde en ser plenamente consciente de todo.

¿Esperar? ¿Más? ¿Cuánto tiempo más? ¿Tardar en ser consciente? ¿Ser consciente de qué? Volví a consultar la hora en el móvil. Notaba mis latidos en la garganta, como si la sangre intentase fluir a borbotones por mi cuello pero se detuviera allí mismo y quedase atascada, como las palabras que no era capaz de pronunciar delante de mi padre.

Desangrarme.

Eso era lo que quería. Soltar esas palabras, que eran como sangre coagulada, reseca, que tantas veces se me habían quedado pegadas al velo del paladar, cerca de los labios, a punto de salir.

Ni podía ni quería irme del hospital hasta que mi padre fuese consciente de haber salido de la UCI, de haber vuelto, de estar allí, conmigo al lado. No podía abandonar aquella habitación; ni siquiera quería salir al pasillo para buscar a una enfermera y pedirle explicaciones, suplicarle que me dijese cuándo podría reconocer a mi padre en el mismo punto en el que estaba antes de cambiar de velocidad, antes de cambiar de cama, de planta, de habitación. Me quedé a su lado, junto a la cama, mirándole los poros de la piel, los lunares de las mejillas, las arrugas de la frente, los pelos de la barba cada vez más largos. Era la primera vez que lo veía con la barba tan crecida, que era como césped abandonado y blanco, cubierto de nieve en una tarde de invierno. Una barba de varios días, cuyos pelos habían ido bordeando los labios y cubriendo el cuello y las mejillas de forma indómita, libre, sin la tiranía del rasurado diario que mi padre cumplió con disciplina militar durante toda su vida.

Me mojé la cara con agua fría y, frente al espejo, revisé el cuello en busca de algún corte que pudiese haberme hecho con la maquinilla desechable que solía utilizar para perfilarme la barba en aquella zona, por debajo de la nuez. Me había afeitado de forma mecánica, pero con la misma firmeza con la que había decidido hablar con mi padre aquella misma tarde.

Unos días antes me llamó por teléfono para preguntarme si podía acompañarle a comprar unos tablones de madera con los que pensaba hacer unas jardineras para colocar flores junto a la lápida de mi madre, en el cementerio del pueblo. Podría contar con los dedos de las manos, y me sobrarían varios, el número de veces que habíamos hecho algo así juntos, pero consideré su propuesta como una invitación para reducir distancias. Puede que en el momento en el que somos conscientes de que el tiempo que nos queda es cada vez menor es cuando caemos en la cuenta de que cada gesto, cada palabra, cada mirada, cada detalle tal vez sea el último y nos aferramos a ellos como quien llena sus pulmones al máximo antes de sumergirse en un mar revuelto. Aquella llamada de mi padre la entendí así, casi como un ruego, más que un favor. Pero lo que no sabía en ese momento era que el favor me lo estaba haciendo él a mí.

Tenía el coche aparcado en doble fila, junto a su portal, a un lado de la calle, con el maletero abierto, donde mi padre hacía hueco para colocar las tres jardineras que había hecho a mano. Me dio un abrazo breve cuando llegué junto a él y me dijo que le acompañase al portal, donde ya tenía todo preparado. Cargamos las jardineras, y en el hueco libre metí una bolsa con algo de ropa por si finalmente decidíamos pasar la noche en la casa del pueblo. Nos pusimos en marcha enseguida. Éramos dos, pero no viajábamos solos. Lo supe nada más arrancar. La ansiedad y la preocupación se habían colado dentro como dos sombras para robarte el poco aire disponible y hacerte ver curvas en una carretera recta. Éramos solo dos, pero no estábamos solo dos. No nos paralizaba la idea de ir al cementerio (no era la primera vez que lo hacíamos desde que había muerto mi madre), ni tampoco el hecho de viajar juntos (algo común durante tantos viajes al pueblo), sino el hecho de no saber de qué hablar, porque tal vez no teníamos nada de lo que hablar o no sabíamos cómo hablar de lo que en realidad queríamos hablar. Al menos yo. Mi padre me contó lo mismo que solía contar durante los viajes al pueblo: que si ese pinar estaba cada vez más grande, que si en aquel prado antes había unas plantaciones inmensas de trigo, que si la construcción de aquella presa había dejado prácticamente abandonado el pueblo por el que antes pasaban los camiones que hacían ruta atravesando un país de carreteras secundarias... Mientras, yo me fijaba en el pinar, en el prado, en el pueblo abandonado: la piscina vacía y llena de grietas que las raíces de los árboles habían convertido en hogar, en el restaurante casi derruido y que había sido punto de encuentro de camioneros hambrientos, en el esqueleto raquítico de lo que algún día fue una gasolinera a la salida del pueblo...

Pensaba cortarle en mitad de su parloteo, romperlo con la frase que llevaba rondando mi cabeza semanas, años en realidad. Pero era incapaz de hacerlo. Cuando notaba que aquellas palabras comenzaban a subir desde la tripa, cogía todo el aire que podía como para darles el impulso que necesitaban, pero había algo que se atascaba a la altura de la glotis y aquel bolo alimenticio hecho de palabras no dichas volvía a bajar, raspando el esófago hasta caer de nuevo en algún punto del estómago donde los ácidos gástricos terminaban por disolverlo. Y ese ardor se hacía cada vez más presente, más incómodo, más pesado, más desagradable. Habría bajado la ventanilla para vomitar, para escupir al aire, lejos del coche, aquella bola de ansiedad pegajosa; sin embargo, volvía a tragármela otra vez, a digerirla como podía.

Mi padre aparcó junto a la ventana de la cocina, a unos pocos metros de la carretera por la que habíamos llegado y que dividía el pueblo en dos. Aquella mañana la niebla era espesa, como las palabras o los pensamientos que acumulábamos dentro cada uno de nosotros.

—¿Dejamos todo en casa y vamos directos? —dijo mi padre antes de abrir la puerta.

Menos de cinco minutos después, el coche estaba aparcado junto a la reja entreabierta del cementerio, y nosotros, junto a la tumba de mi madre. No era una mañana apetecible para salir de casa, y mucho menos para pasarla limpiando tumbas o plantando flores junto a ellas, pero allí estábamos mi padre y yo, tratando de llevarle la contraria a la naturaleza que había comenzado a expandir sus malas hierbas, como si quisiera tragarse aún más a quienes ya formaban parte de su espacio. Mi padre las fue arrancando una a una sin miramientos; la tierra salía disparada en todas direcciones cubriendo parte de la lápida que después barrió con un cepillo viejo y sin palo que alguien había dejado abandonado en una de las tumbas cercanas. Con una pala pequeña, como las que utilizan los niños en un parque de arena o en la playa, comenzó a remover la tierra de la que acababa de arrancar todas las raíces e hizo unos surcos que le ayudé a rellenar con la tierra de unos sacos que también habíamos traído en el maletero.

—Echa poco a poco mientras yo voy aplanando con las manos —dijo.

La tierra oscura fue tiñendo los pliegues de sus dedos, los huecos de las uñas. De vez en cuando echaba un poco de agua de una botella de plástico que había llenado en la caseta del enterrador. Amasaba aquella tierra como si estuviese haciendo pan y me recordó a mi madre preparando la masa de pizza con la receta casera que había aprendido de mi abuela. Imaginaba las manos de mi padre atravesando el suelo buscando las de mi madre, unos metros más abajo.

Mi madre era silencio.

Sentí una sacudida en el estómago, un pinchazo que me obligó a levantarme para coger aire.

—¿Estás bien? —preguntó mi padre, que seguía de rodillas, junto a la tumba.

Agarré de nuevo el saco de tierra para echar un poco más allí donde me indicaban sus manos, cada vez más ennegrecidas.

Éramos dos hombres en mitad de la niebla, intentando crear vida allí donde más muerte había. Nos movíamos en el más absoluto silencio, como si aquella luz espectral nos obligase a hacerlo de aquel modo. Oía la respiración de mi padre, el aire entrando por su boca abierta, expandiendo sus pulmones y saliendo para remover aquella niebla que parecía querer engullirnos bajo tierra, más cerca de mi madre.

Si mis padres estuviesen muertos, todo sería más fácil.

Otra punzada, esta vez más fuerte, en la parte baja del esternón, como si otra bola de palabras no dichas comenzara a formarse en el estómago y a subir rozando el esófago para ahogarme del todo.

—¿Puedes coger por allí? —me pidió mientras sujetaba una de las jardineras por un extremo.

Con una señal de la cabeza, me indicó el otro lado, por donde tenía que sujetar para colocarla en un lateral de la tumba, donde la tierra ya lisa serviría de base para plantar nuevas semillas. Hicimos lo mismo con las otras dos: una en el lateral opuesto y la otra, la más pequeña, en la parte baja de la tumba, a los pies de mi madre.

Notaba la niebla cada vez más baja, más densa, y el aire mucho más espeso, tanto que me costaba respirar por la nariz. Abría la boca para tomar bocanadas amplias, pero sentía que aquella nube cargada de una especie de lluvia fina no me daba el oxígeno suficiente para seguir respirando con normalidad.

—Colocaremos estas pocas aquí.

Con una mano sostenía una maceta de plástico negro con una planta que me recordaba al brezo seco que mi madre solía colocar en las ventanas del pueblo. Con la otra señalaba los huecos que había escarbado.

—Y rellenaremos el resto con esas semillas —dijo apuntando con el dedo índice hacia una bolsa pequeña, de plástico azul, junto a un rastrillo metálico.

Yo ejecutaba de forma mecánica las órdenes que recibía, pero sin ser consciente de cada una de ellas. Puede que la niebla ya hubiese invadido también mi cerebro.

—A tu madre le gustaban estas —dijo sin levantar la cabeza, mientras introducía la planta en uno de los huecos. Hizo lo mismo con el resto hasta completar las jardineras.

¿Qué pensaría mi madre si pudiese vernos allí?

La imaginaba mirando desde la reja metálica de la entrada, viendo aquellos dos cuerpos agachados preparando un pequeño jardín junto a las tumbas a punto de sucumbir entre la niebla.

Mi madre era silencio.

Y yo fui silencio con ella.

—Ahora echa unas cuantas semillas alrededor, como si fuese arroz, y vete a rellenar esta botella a la caseta.

No sé ni cómo llegué hasta allí. Me temblaban las piernas, me faltaba el aire, la niebla parecía solidificarse en mi garganta, era una especie de masa irrespirable que comenzaba a nublarme la vista. Notaba las minúsculas gotas de agua sobre mi frente, sobre los párpados, en la punta de la nariz, sobre mis labios. Notaba esa niebla en el estómago, que ya había comenzado a subir.

Si mis padres estuviesen muertos, todo sería más fácil.

Desde la caseta del enterrador, con el agua rebosando de la botella de plástico, vi a mi padre a lo lejos, arrodillado junto a la tumba de mi madre.

Si mis padres estuvieran muertos...

Desde allí, mi padre no era más que una sombra oscura a punto de desaparecer entre la niebla cada vez más espesa, más blanca, más brillante.

Si mis padres estuvieran...

Quise gritar.

«¡Papá! ¡Papá!».

¿Serviría de algo hacerlo en medio de la nada?

Estábamos rodeados de muertos.

Y fue ahí, exactamente ahí, cuando entendí que si no volvía junto a mi padre y vomitaba la niebla que amasaba mis miedos como él había hecho antes con la tierra, las dos acabarían tragándose a mi padre y después vendrían a por mí.

Como nunca fui valiente para hablarlo con ellos, con mis padres, lo escribí.

Ojalá todo hubiese sido tan sencillo como imaginar una conversación que nunca sucedió.

Me inventé un cementerio, me inventé unas plantas, me inventé unas manos removiendo una tierra, la tierra bajo la que mi madre nos esperaba. Pero lo que no era ficción, sino real, tan real como el tiempo, era el miedo, esa niebla espesa que recorría mi cuerpo cada vez que cogía aire para abrir la boca y empezar a hablar.

Aquel capítulo, aquella conversación en mitad de las tumbas, cerraba una herida y también un libro. Unas páginas que esa misma tarde, unas pocas horas después, podrían dejar de ser algo íntimo, privado, y mostrarían un cuerpo desnudo ante quienes decidieran leerlas, me conocieran o no.

Oí una respiración profunda. Y entonces despertó.

No sé por qué, pero cuando me dirigí a él, lo hice susurrando:

—Papá.

—¿Sigues aquí?

¿Dónde se suponía que debía estar?

—Me ha dicho Ronca que hoy es viernes —dijo con una voz débil.

Enseguida caí en la cuenta de que habían hablado del libro, del premio.

—¿Cómo estás? —le pregunté acercándome un poco más al lateral de su cama.

—Tienes que irte o no llegarás a tiempo.

Tenía el móvil en el bolsillo y no supe qué hora era.

—Es hoy. Ese premio es...

Y entonces apareció la niebla. Comenzó a espesarse en algún punto de mi estómago. Observé sus manos. Se hizo más densa, la niebla, más pesada. Vi unas jardineras rebosantes de plantas, con la tierra removida, repleta de semillas. La náusea apareció en lo más profundo de mi garganta. Vi una tumba, un cementerio.

Si mis padres estuvieran…

Y entonces surgió la serpiente detrás de mi cuello…

… todo sería más fácil.

… enroscándose con fuerza, ahogando la frase que pugnaba por salir.

Si mis padres estuvieran muertos…

Vi el agua rebosando de la botella, un padre a lo lejos, un cuerpo menudo, casi borrado por la niebla.

… todo sería más fácil.

Quería desprenderme lo antes posible de aquella nube húmeda y gris, de aquel animal de piel viscosa rodeando mi cuello, pero no dejaba de moverse, despacio, apretando con destreza.

Miré hacia la puerta, abierta al pasillo. Quise acercarme para cerrarla, pero giré de nuevo la cabeza hacia mi padre y fue ahí, exactamente ahí, cuando entendí que si no hablaba con él y vomitaba esa niebla que amasaba mis miedos como él había hecho antes con la tierra, la niebla, la tierra y también la serpiente, y el silencio, acabarían ahogándome y después harían lo mismo con mi padre, como en su día hicieron con mi madre.

Me acerqué un poco más a la cama, hasta que mi pierna derecha rozó la sábana.

—Si no lo he hecho antes… —las palabras comenzaron a apelotonarse y a estallar contra mis dientes—, es porque nunca supe cómo hacerlo.

Mi padre volvió la cabeza. En sus ojos vi silencio acumulado durante años.

Un temblor incontrolable en mis manos.

—Eh… Escúchame —dijo.

Pero no lo hice.

—Ojalá todo hubiese sido de otra manera —dije.

Un temblor en el párpado derecho. Luché contra mi garganta para que las palabras siguieran saliendo, aunque fueran pocas.

—No quise defraudaros.

Imaginé sus manos removiendo la tierra.

—Pero ¿cómo dices eso?

Sus manos medio hundidas, desapareciendo bajo el suelo.

—A mamá se lo conté en una cama como esta, cuando ya ni siquiera podía escucharme. No me gustaría que se repitiera contigo.

Sus manos, atravesando la tierra para llegar hasta el cuerpo de mi madre.

—Hijo…

Las manos de mis padres entre la tierra, acercándose cada vez más hasta casi rozarse.

—Esperar al último momento. Eso es de todo menos de valientes.

Las manos de mis padres, unidas, bajo la tierra.

—A veces son los demás los que nos impiden serlo, los que nos hacen sentir inseguros. Y nosotros lo hicimos contigo —dijo con una voz apenas audible, pero cada una de sus palabras explotaron contra mis tímpanos.

Y por si mi padre no podía volver a salir de aquella tierra, cogí todo el aire que pude y le dije:

—Siempre me dio vergüenza contaros que no era el niño, la persona que imaginabais.

Un temblor en la garganta.

La niebla saliendo por mi boca.

—Y probablemente ahora tampoco sea el hombre que esperabais que fuese. —Tragué saliva, que me abrasó como lava de un volcán—. Por eso escribí ese libro.

La serpiente apretando mi nuez, hasta casi partirla en dos.

—En ese libro, el del premio, cuento que soy homosexual, papá.

Era la primera vez que pronunciaba esa palabra delante de él. Para él.

Lo que no se nombra no existe.

La serpiente perdiendo fuerza, deslizándose por mi espalda hasta bajar a la pierna derecha.

La niebla saliendo por cada uno de mis poros; mis pulmones vaciándose de aire.

—Siento haberte... —mi padre paró para respirar con fuerza, parecía recoger ese aire que yo acababa de expulsar—, que te hayamos hecho esperar hasta ahora para decir algo que ni siquiera tenías por qué explicar.

Un temblor en el párpado izquierdo.

—Si alguien no ha sabido hacer las cosas bien, esos hemos sido nosotros, Fabián.

Mi nombre resonando en la habitación.

Lo que se nombra existe. ¿Existe?

Mis padres abrazados bajo la tierra; yo corriendo hacia ellos, para escavar con las manos y llegar hasta sus cuerpos.

—Que no entendamos o que no podamos hacerlo o que no sepamos cómo manejar algo no te convierte en culpable de absolutamente nada. —Volvió a coger aire—. Y te hicimos sentir culpable.

Mi corazón se saltó un latido.

—Aquí hay alguien que debería salir pitando ahora mismo.

La voz de Ronca inundó la habitación.

—Sí. Tienes que llegar a tiempo —añadió mi padre en voz baja.

Movió su mano derecha hasta alcanzar la mía. Y la apretó, como nunca.

—Corre —me dijo susurrando, y miró enseguida a Ronca, de pie junto a nosotros.

Un destello en los ojos de la enfermera iluminó de repente la habitación, la cama de mi padre, su rostro, el mío. El verano entró de nuevo por la ventana. Sentí calor en la planta de los pies, en las rodillas, el pecho, el cuello, las mejillas.

—¿Estará todo bien? —le pregunté.

—Ahora ya está todo bien —dijo Ronca mirándome con los ojos muy abiertos—. Así que sal corriendo ahora mismo a por ese premio.

Me volví hacia mi padre, que agitaba el puño en alto, a unos pocos centímetros de aquellas sábanas blancas.

Dejé que el agua fría cayese contra mi cara, por la espalda, que bajara hasta mis piernas y me mojara los pies. Buscaba deshacerme del calor pegajoso de aquella tarde, y también de la ansiedad que se me había pegado a la piel en la habitación del hospital. Agua fría para cerrar los poros y las heridas, como al terminar de afeitarme, tal como me enseñó mi padre.

No supe nada de Nicole hasta que salí de casa camino del metro. Miré el móvil por si me había llamado o enviado algún mensaje. Estaba apagado. «La batería», pensé. Lo agité, como si así pudiese encenderlo, pero no respondía. Al cuarto intento se iluminó la pantalla y comenzaron a llegar notificaciones al ritmo de una traca. Varias llamadas perdidas de Hélène y unos cuantos mensajes.

Dime que llegas a tiempo 17.58

Seguí leyendo el resto de los mensajes.

Dónde estás? Te pedí estar una hora antes 18.12

Cinco mensajes más.

Han pasado diez minutos... Dime
que está todo bien, que vas a llegar 18.23

Solo faltas tú. Dime algo, por favor 18.31

Todo el mundo está empezando a ponerse nervioso.
Por favor, dime algo 18.40

Hola? 18.45

Ya puedes tener una buena excusa. Tenemos
que empezar la gala. No podemos retrasarlo
más. Aparece. Haz lo que tengas que hacer,
pero aparece 18.56

Noté la tela de la americana pegada a la espalda.

El otro mensaje era de Nicole. No había texto, solo un selfi delante del *Jardín de las delicias*, en una de las salas del museo del Prado. Me la imaginé burlando la seguridad hasta hacerse la foto allí donde estaba prohibido. Busqué su contacto para llamarla, pero en cuanto salí de la estación de Banco de España para enfilar la calle Alcalá y llegar al Círculo de Bellas Artes, ya estaba allí, esperando. Esperándome. Otra vez.

—¿*Somos* a tiempo?

Debí de responderle con mi cara.

—*Allons-y!*

Me cogió de la mano y corrimos calle arriba hasta llegar al vestíbulo del Círculo de Bellas Artes. Un guardia de seguridad nos dio el alto en cuanto comenzamos a subir los primeros escalones.

—Disculpe... —Me dolía el pecho con cada respiración—. Venimos al premio literario: Soy uno de los participantes.

—Está a punto de empezar —dijo, y levantó la mano, apuntando al techo—. Segunda planta. Crucen el Salón de Baile. Es en el teatro Fernando de Rojas.

Nicole volvió a tirar de mí. Intentamos coger el ascensor, pero ni siquiera se iluminaba el pulsador. Nos cruzamos las miradas y debimos de pensar lo mismo, porque fuimos directos a la escalera y comenzamos a subir los peldaños de dos en dos. Las sienes me palpitaban con fuerza. La distancia entre Nicole y yo fue aumentando a medida que subíamos, e incluso llegué a perderla de vista. Paré lo que me pareció un segundo en uno de los descansillos, junto a un espejo gigante que cubría toda la pared, y en medio, la estatua griega de una mujer se reflejaba en aquella pared que me devolvía también mi propia imagen. Me vi. Frente a mí, al otro lado del espejo, estaba yo mismo, ese otro yo, ese al que se había dirigido mi padre de un modo que jamás creí que ocurriría. La realidad invertida, como si ahí, en esa otra realidad al otro lado del espejo, estuviese transcurriendo una vida paralela a la que yo estaba protagonizando.

—*Qu'est ce que tu fais? Allez!* —me gritó Nicole unos escalones más arriba, ni siquiera hizo el esfuerzo de decir algo en español—. *Dépêche-toi!*

Atravesamos corriendo el salón de Baile, bajo su cúpula

imponente, sorteando a los camareros que se movían por aquel espacio de paredes gigantes, verdes y doradas, y que aparecían y desaparecían entre las columnas que me parecían infinitas. Estaban ultimando algunos detalles antes de hacer entrega del premio y que todos los invitados celebrasen la gloria del ganador.

Cuando Nicole tiró de una de las puertas del teatro, el estruendo de un aplauso me abofeteó en la cara, pasándome por encima como una ola gigantesca en mitad del océano.

Comencé a verlo todo medio borroso y a una velocidad que no se correspondía con la realidad. La gente se levantaba de las butacas; las luces de los focos se movían por toda la sala dibujando círculos que me cegaban; la música, cada vez más alta, reverberaba en mis oídos, zumbando como una legión de avispas. Y un fogonazo. Un rayo de luz blanca que iluminaba el pasillo entre los asientos y que comenzó a seguir a una figura oscura que caminaba hacia las escaleras, en mitad del escenario.

Nicole, a unos centímetros de mí, en la parte de atrás del teatro, justo antes de que comenzaran las filas de butacas, se giró y me abrazó. Lo hizo tan fuerte que fue lo único que me mantuvo en pie mientras el aplauso, antes atronador, se desvanecía poco a poco y daba paso a la voz de aquella figura oscura que acababa de subir al escenario. Detrás de él, en letras que me parecieron inmensas, pude ver el título de la novela ganadora, y justo debajo, el nombre para el que habían sido todos esos aplausos. Reconocí su apellido. Todos lo conocían. Ser el hijo de uno de los presentadores más famosos de la televisión de las últimas décadas llevaba implícito un reconocimiento a pesar de ser alguien prácticamente anónimo, al menos hasta ese momento.

Nadie reparó en nuestra presencia, nadie nos miró. Nicole y yo no éramos más que dos simples sombras en la parte de atrás de un teatro que parecía arder entre tanta luz. Nicole seguía abrazada a mí, y estuvimos así unos segundos más. Cuando al fin nos separamos, me miró fijamente. Y me sentí bien. Fue un instante de paz que percibí en algún punto entre las costillas y los pulmones, una especie de pausa como la que precede a una nueva explosión volcánica. En sus ojos reconocí el campo de trigo naranja y gris que vi por primera vez en Londres, como si el Eyjafjalla hubiese entrado de nuevo en erupción tantos años después.

Nicole era mi glaciar, mi volcán; era mi *Hallelujah*.

Atravesamos de nuevo la puerta del teatro, esta vez en dirección opuesta, y me sobrecogió ver el salón donde, entonces sí, ya todo estaba preparado. Fui consciente de que la belleza de aquel lugar había sido alterada para celebrar una fiesta en la que estaba todo decidido, incluso el nombre de su protagonista. Mesas, copas y botellas por todas partes, platos y más platos repletos de suculentos aperitivos y postres, y entre las columnas, camareros autómatas con bandejas relucientes moviéndose al ritmo de una música triunfal.

¿En algún momento llegué a barajar la posibilidad de que todo aquello podría haber sido por mí, de que lo habían preparado para mí?

—Te espero fuera —le dije a Nicole, que se acercó a uno de los camareros a por una copa de vino.

Bajé el primer tramo de escalones y me detuve justo delante del espejo en el que me había parado al subir, al lado de la estatua de la diosa griega. Con una tela fina, cincelada hasta la perfección, intentaba cubrir su cuerpo desnudo, como si tratase de ocultar una intimidad a punto de quedar al descubierto o huir en un último instante de una exposición innecesaria. Y, de algún modo, me vi arropado por esa túnica, protegido por aquella figura a la que la mayoría de la gente seguro que ignoraba al pasar frente a aquel espejo inmenso que les devolvía la imagen de su reflejo.

Me acerqué un poco más y puse la mano en la superficie fría, junto a la estatua. De repente me vi en la sala de réplicas del museo Victoria and Albert de Londres, contemplando la copia del *David*, tocando la piedra granulada del Pórtico de la Gloria de la catedral de Santiago de Compostela, respirando el olor a humedad de la Columna Trajana, tan fría como aquel espejo. Pero esta vez noté algo diferente. Volví a mi reflejo y sentí que la imagen ya no era una copia de algo que pretendía ser real. Fue entonces cuando, por primera vez, algo me decía que a los dos lados de aquel espejo estaba la misma persona.

Solo una.

Esta vez sí me reconocí.

Esta vez sí.

Y justo en ese instante recordé las últimas palabras que había escrito en la novela.

Escribí todo esto para poner nombre a las cosas que no existen si no se nombran.

Escribí todo esto para existir.

Apenas recuerdo el viaje de vuelta en autobús hasta el hospital. Ocupamos uno de los asientos dobles del fondo y, en cuanto nos sentamos, Nicole apoyó su cabeza en mi hombro derecho y compartió conmigo uno de sus auriculares. Las canciones se iban reproduciendo una detrás de otra mientras la ciudad se movía al otro lado del cristal: había poco tráfico y la gente con la que nos cruzábamos parecía desplazarse a cámara lenta, como intentando protegerse del calor de aquella tarde de verano para la que habíamos imaginado otro final. Sin embargo, me sentí cómodo tan cerca de Nicole. Notar el peso de su cabeza en mi cuerpo era igual de reconfortante que aterrizar tras un vuelo repleto de turbulencias.

En cuanto vi la cara de Muda en el pasillo supe que había pasado algo. Saqué el móvil del bolsillo; volvía a estar apagado. Esta vez no sirvió de nada agitarlo ni tocar el botón de inicio. Algo prendió dentro de mí, un calor tan asfixiante como el de la calle estalló en mi estómago y en milésimas de segundo ya estaba alojado en mi garganta. Aceleré el paso hasta llegar a la puerta de la habitación y dentro encontré a Ronca colocando cables en un carro metálico.

—Te llamamos, pero tu teléfono no daba señal.

Noté la mano de Nicole en el mismo hombro en el que había apoyado su cabeza.

—Los médicos se están ocupando de todo. —La voz de Ronca sonaba más ronca que nunca. No quería que salieran por su boca aquellas palabras que serían la señal clara de que esta vez todo sería diferente. Pero no tardaron en vibrar en sus cuerdas vocales y precipitarse contra mí—: Lo siento.

Nicole apretó mi hombro con más fuerza.

Me habló con toda la amabilidad posible, pero evitando dar rodeos innecesarios.

—Lo intentamos todo. Hasta el final —dijo el médico.

Me vi incapaz de armar una sola frase coherente. Como si me hubiese quedado seco, las palabras se habían esfumado de mi mente.

Hora y media después, salía del hospital cargado con una bolsa con las pocas pertenencias de mi padre: unas cuantas prendas de ropa, sus zapatos y las zapatillas de estar por casa.

No recuerdo si llegué a dormir algo aquella noche. Había pasado todo tan rápido que parecía no haber ocurrido.

A la mañana siguiente acompañé a Nicole al aeropuerto. Había hecho varios intentos para cambiar su billete, habló con su empresa, pero fue imposible; el trabajo la obligaba a estar de vuelta en París esa misma noche.

Me despedí de ella en la terminal, rodeados de desconocidos que se movían a nuestro alrededor con maletas, bolsos y niños. Me habría gustado quedarme a vivir en aquel abrazo.

De vuelta en el metro recibí un mensaje suyo:

Eres très especial, Fabi

Leí mi nombre varias veces y lo hice con su acento; su voz resonó dentro de mí.

Cuando vuelvas a casa, mira debajo de tu cama.
Je t'aime

La había envuelto en un papel marrón. Se arrugó un poco cuando tiré de aquel paquete para colocarlo encima de la cama antes de abrirlo. La guitarra, mi guitarra, estaba como nueva. Nicole se había encargado de repararla, de arreglar lo que hacía años se había roto. El mástil estaba unido al cuerpo de la guitarra, y las cuerdas, repuestas, tensas y brillantes. Me senté en la cama para tocar un acorde. También la había afinado. Le había devuelto la vida, había conseguido que sus heridas desaparecieran. La había curado; había curado el pasado. Me fijé en que en la parte trasera, siguiendo el contorno de la madera, había escrito algo con letra pequeña, en tinta negra: «*(re)vivre. Esta vez, de verdad*».

Abracé la guitarra como si estuviera abrazándola a ella.

Nicole fue mi glaciar, mi volcán; fue mi *Hallelujah*.

Fue tan rápido como le habría gustado a él. Nunca buscó ser protagonista, ni solicitó atenciones innecesarias. Ahora sé que también eso se hereda. Su entierro fue como lo había sido su vida: discreto. Sencillo.

Fui el último en abandonar el cementerio. Cuando todos desaparecieron tras la tapia, salí hasta el coche de mi padre, con el que había viajado al pueblo, y cogí la caja de cartón que había llevado desde Madrid. Ya dentro, saqué aquellas plantas parecidas al brezo, escarbé la tierra con las manos y allí mismo, en cada uno de los huecos, y como si estuviese hablando con mis padres de alguna manera, las fui colocando una a una alrededor de la tumba bajo la que los cuerpos de los dos desaparecerían para siempre. El de mi padre, como ya había ocurrido con el de mi madre, se detenía allí; eran dos relojes de arena parados para la eternidad.

El sonido de la llamada pareció rebotar entre las lápidas.

No habíamos hablado después de la gala en el Círculo de Bellas Artes y sus primeras palabras fueron de cariño:

—Siento muchísimo todo lo que ha ocurrido.

Rompí aquel silencio incómodo unos segundos después:

—Gracias, Hélène.

—¿Puedes hablar ahora? —me preguntó.

Había pospuesto tantas cosas tantas veces que enseguida supe la respuesta.

—Sí, dime.

Miré hacia abajo, hacia mis padres, y activé el manos libres.

—Sé que todo esto es muy precipitado y que tal vez no sea el mejor momento, pero quería que lo supieras cuanto antes.

La voz de Hélène se quedó flotando unos segundos en el silencio del cementerio. Al no responder, siguió hablando:

—Me han llamado esta mañana de la editorial. Quieren publicar tu novela.

Seguía con la mirada fija en la lápida. Esperé a ver si mi corazón volvía a saltarse algún latido, pero en esa ocasión no ocurrió. Me puse la mano en el pecho y noté cómo seguía moviéndose a su ritmo habitual.

—Sigues ahí, ¿verdad? —La voz de Hélène sonaba entusiasmada.

—Sí, sí. Estoy aquí.

—Repito: sé que es muy precipitado. Quizá debería haber esperado unos días, pero me parecía que no podía dejar pasar una noticia así.

Silencio.

—Escúchame. —Su voz volvió a moverse entre los muertos—. Tómate unos días y, cuando puedas, llámame.

Desde la editorial han insistido en hablar cuanto antes sobre algunas cuestiones de diseño, fechas, cómo te gustaría que apareciese tu nombre... Pero entenderán tu situación.

Mientras Hélène hablaba me fijé en cada una de las letras fijadas a la losa que cubría los cuerpos de mis padres. Sus nombres. Sus apellidos. E imaginé el mío escrito allí, justo debajo de los suyos. Ese nombre que mi padre había pronunciado justo antes de irme del hospital, antes de que pasara todo.

—¿Fabián? —dijo Hélène.

Justo ese, ese nombre. Mi nombre.

Se levantó una ligera brisa que movió los cipreses, como si hubiesen despertado de un sueño profundo.

Todo estaba en calma y sentí una paz repentina.

Sin levantar la vista de la lápida, como si ellos estuviesen escuchándome, comencé a hablar:

—Gracias, Hélène, pero he decidido no publicar esta novela.

Silencio. Imagino que era lo último que ella esperaba escuchar.

—Pero... en la editorial están encantados con ella. No te dieron el premio, pero les gustó desde el principio. Tienes que publicarla, Fabián.

Sin embargo, yo ya no lo necesitaba. No necesitaba contarlo. Había conseguido lo que buscaba cuando empecé a escribir la novela, y eso era más que suficiente.

En ese mismo momento supe que no, que no todo iba a ser más fácil ahora que mis padres estaban muertos. Pero también, en ese mismo momento, sentí que ya no me ahogaba, que la serpiente tampoco aparecía.

Me agaché y puse la mano en la piedra, al lado de los nombres de mis padres, y la llamada con Hélène terminó ahí.

Los cipreses de nuevo se movieron ligeramente y, como si el tiempo se hubiese detenido, todo volvió a quedarse en silencio.

Antes de guardar el móvil, busqué el contacto de Nicole y escribí un mensaje:

Je t'aime aussi. Merci pour tout

Lo envié.

Escribí todo esto para poner nombre a las cosas que no existen si no se nombran.

Escribí todo esto para existir.

Agradecimientos

Empecé a escribir esta historia en otra habitación, la de otra casa, de la misma ciudad, sí, pero habitada por otro yo. Hasta llegar a donde ha llegado, han pasado muchos nombres. Por eso, me gustaría darles las gracias.

A Jero, que me ha acompañado, no solo en todo este proceso, sino desde aquel primer café que, por fin, llegó. Por sus consejos, por ser guía en las curvas e impulso en los caminos rectos. Por sus veranos, que son los míos. Y por la belleza, que es nuestro destino. Ojalá aquel «gírate» sea eterno.

A mis padres, que, cargando con todos los miedos e incertidumbres, me los quitaron a mí. Por su ejemplo, su humildad, su apoyo y generosidad y por sus valores, que son los míos.

A mis primas, Isabel y Ana, por ser más que eso. Por quererme.

A Juan y a Ana, por ser cobijo. Y a su pequeño Mateo, que es el mío, a quien intentaré inculcar el amor por la belleza.

A mi abuela, por todos aquellos cuentos, aquellas historias; por dejarme llenar su casa de libros.

A mis amigos, mis amarillos: Fito, por ser hermano, y Moni, por tantas mañanas, tardes y noches de veranos eternos. Por frenar miedos, por escuchar, apoyar y abrazar siempre en el momento justo.

A Àlex, que, sin leer una sola palabra de todo esto, confió en esta historia y en mí, en que llegaría este momento.

A Rubén Montes y a Laura Vilamor, por ser cómplices de lo que hoy, ahora sí, es una novela. Y a Eva Rojas, por aparecer, como luz en la oscuridad.

A María, mi editora, porque siempre será mi mejor lotería —su llamada llegó un 22 de diciembre—; por acoger esta historia tal como es y emocionarse con ella. Y a todo el equipo de Grijalbo y de Penguin Random House, por dar vida a este sueño.

A quienes vieron nacer esta novela y a quienes la leyeron antes incluso de serlo entre todas las historias que resonaban más allá de aquella pared donde, nada más entrar, leí: «Todo empieza con una palabra».

A los libros, que fueron, son y serán refugio, y a la belleza, la cultura y el arte, que están para salvarnos.

A mi familia y a todos los que alguna vez me dijeron: «Ojalá, un libro algún día». Espero, con este, no defraudar, que ha sido siempre mi gran preocupación, con todo lo que eso conlleva.

Y, por supuesto, a ti que, entre los cientos de miles de historias, has elegido esta. Por leerme, que es el final de este viaje tan increíble.

Muchas gracias.